荒野の向こう側

姜龍一《カンヨンイル》

新幹社

荒野の向こう側／目　次

第一章　旅の途中

汽車に乗る　片道切符に　頭陀袋《ずだぶくろ》
荒野の果ての　明日を求めて

一

「こんな家、出ていったるわ！」
椅子を蹴り飛ばす。俺は、怒りに身を任せたまま自室にある木刀に手を掛ける。
何かを喚き立てている。
幼い弟妹《きょうだい》らの泣き叫ぶ声が耳を衝く。
「貴様、一体俺に何をしてくれた！
澄ました面《つら》しやがって、何が父親じゃ、コラァ！」
俺は、声を限りに叫ぶ。
「オウオウ、もっとやれ。

どうせこいつに親を殴るような度胸はないて」

煽り立てるように、「父」は俺を嘲笑する。

「親」という彼の言葉に、俺は総身の血が逆流するのを感じた。

「俺は貴様を親やと思ったことなんざ、一ペンもないんじゃ！」

俺は怒り狂っている。「父」はニタニタ笑っている。

「コノヤロー！」

持って行き場のない怒りと悲しみ。俺は木刀の柄を固く握り締めた。

「死ね、コラァ！」

怒号と共に、俺は上段に振り被る。

「父」を睨む。「父」は相変わらずの薄笑いを浮かべている。

七歳、そして四歳。種違いの弟妹たちの怯えた表情が視界に入る。幼い彼等の涙の裡《うち》に、憐憫が覗くのを、俺は認めない訳にはいかなかった。

否、無視することは出来なかった。

「チクショー！」

絶叫の裡に俺は、継《つ》ぎはぎだらけの襖を力任せに斬りつけた。

弟妹は啜り泣いている。「父」は仏頂面を決め込んでいる。

俺は、何やら喚き散らしていた。

大阪府南部の、泉北ニュータウンと呼ばれる築四〇年にもなる古く汚い公営団地――現代の貧乏長屋での、当時の俺の日常である。

屋外では、青葉が燦々《さんさん》と陽の光を浴び、蟬たちは生き急ぐように刹那を燃焼させていた。

そろそろ、夏の甲子園の予選もはじまる頃だろう。

二〇〇五年の初夏であった。


「おかん、なんで俺を産んだんや」

その日の夜更け、俺は母にそう尋ねていた。

否、責め立てていた、といったほうが適切な表現なのかも知れない。少なくとも母にとってみれば。

母は俺がこの手の質問を繰り返すたび、いつも黙りこくってしまった。母としては答えようがなかったのだろう。

だが、少なくとも当時の俺には、母が現実から眼を背け、逃げを打っているとしか思えなかった。

「……あんた、またその話か」

いつものように、母は力なくそう呟いた。

「父」が勤めに出、弟妹たちの寝静まった、ささくれ立った古畳の六畳の室《へや》。この時間だけが、俺と母との唯一の〝対話〟のときだった。「父」は夜間、コンビニのルート配送の仕事をしていた。

蒸し暑い室に、重苦しい空気が澱んでいた。破れた網戸の隙間から入り込んだのであろう、蚊の羽音が五月蝿《うるさ》く、俺の神経に触った。

外では時折、暴走族の爆音とそれに続くパトカーのサイレン音が、愚かなる闇夜の鬼ごっこを演じていた。

俺はこんな時にいつも、不協和音の闇の裡に、俺の心を地縛霊のように縛りつけているあの幼き日々の記憶を、思い出さずにはいられなかった。

俺は、私生児として生まれた。

アメリカ・ソ連という二大強国の代理戦争の傷跡として、荒廃し、分断された「祖国」の、永きに亘り渇望された経済発展の象徴、そして韓国民主化への大いなる転換点ともいえるであろうソウルオリンピックの年……激動の一九八八年三月のことである。日本はバブルの狂乱に沸き返り、その経済的繁栄の絶頂を迎えようとしていた。日本人は、パックス・ジャポニカの泡沫《うたかた》の夢に酔い痴れていた。

俺は、所謂「在日コリアン」三世として、大阪の下町、東大阪市にてこの世に生を享《う》けた。

しばらくは、母一人子一人の母子家庭として育てられた。親戚たちの、冷たい視線に晒されながら。当時はまだ、祭祀《チェサ》という親戚一同が集まる朝鮮式の法事を、旧正月・旧盆の年二回、恐らくほとんど何処の在日家庭でも執《や》っていた。その祭祀のたび、親戚たちと顔を合わせるのが堪《たま》らなく嫌だったことを、子供心に俺は今でも覚えている。

一九八〇年代後半、母子家庭や父無し子に対する偏見は今よりずっと強かったのである。

俺が小学二年の冬、母は結婚した。

相手の男は日本人だった。俺の今の「父」である。一九九五年十二月のことだったと記憶している。

やがて母と「父」との間に男の子が、そして女の子が産まれた。種違いの、俺の弟妹たちである。

「父」との折り合いは、はじめから悪かった。性格や相性、愛情や努力……色々な要因があるにはあるのだろうが、もっと根本的な理由として、そもそも何処の馬の骨ともわからない他人のガキが可愛いはずがない。ただそれだけだ。ただそれだけで充分だ。他にはなにも聞きたくない。

そして、そんなことははじめから、わかっていたはずじゃないか！

「じゃあ、どないせえっちゅうんじゃ！」

ヒステリックな母の怒声に、蟻地獄の如き堂々巡りの不毛なる議論の均衡は破られる。売り言葉に買い言葉。母と俺、双方から剝き出しの感情そのままの、裸の怒号が飛び交う。

叫び……泣き……喚き……！

母子《おやこ》の喧嘩は、阿鼻叫喚の地獄絵図と化す。

……きっとどちらも愛している。

……きっとどちらも恨んでいる。

……そしてどちらも泣いていた。

二

「諸君、民族の誇りを忘れたらあかん！」

頭の禿げた長身痩軀の校長が、全校生徒を前にして、なにやら政治的スローガンらしきものを叫んでいる。

「皆の祖父《ハラボジ》・祖母《ハルモニ》は、差別や貧困の苦しい時代を生き抜いて、勝ち抜いてきたんや。だから今ここに君たちがいてるということを……」

校長先生の言いたいことはわかる。

彼が在日二世として、（終戦直後の在日が殆ど皆そうであったように）「アパッチ部落」とも「無番地」ともいわれた劣悪な環境に棲み、日本語も不自由だったであろう一世の親たちの想像を絶するような苦労と屈辱を間近に見て育ちながら、それに屈することなく立派に自己の存在性《アイデンティティ》を〝民族〟の誇りの裡に見出していったのであろうことは想像に難くない。大切なことだし、立派なことだと思う。

母からも、幼い頃俺は同じような苦労話をよく聞かされて育った。

俺の祖母《ハルモニ》――俺が生まれたときには、もうこの世にはいなかった。

〝民族〟とはなんなのか。母の影響か校長先生の影響か、はたまた在日三世という俺の存在の証明に対する命題か、近頃俺はそんなことをよく考えるようになっていた。

校長の訓話はまだ続いている。

「八月十五日、小泉総理は靖国神社を公式参拝すると明言しております。

こんなことを許してええんか！」

ここに来て俺は、彼の意見には一寸肯んじ得ない。自民族の誇りを謳っておいて、他民族の誇りには断乎として否を叫ぶ――それは一寸公平《フェア》ではない。俺にはそんな風に思われる。立場が変われば当然見方も見え方も変わる。故に相手の立場にも立ってみなければ、自己の主張に声を張り上げるだけでは、永久に対話も、その先にあるべき理解も和解も存在し得る筈《はず》がない。

だがこんな事を教師に言うと、また長いお説教を喰らうだけだ。運が悪ければ殴られる。殴られ損である。

俺は、在日韓国人子弟を祖国発展の礎石となるべく教育する為、光復（日本の敗戦による植民地朝鮮の解放）直後の一九四六年に設立された大阪市南部の民族学校・H学院K高等学校三年である。

十七歳。

心の地図を、はやく見つけなければ……

三

爛々と輝く白の光線。直下には、四囲をロープに張り巡らされた、白い四角い檻。

狭く古い薄汚れた控室で、俺は呼出《コール》を待っている。充分に解ぐされ、温められた俺の肉体。五三・五二。この数字が、俺の限界体重《リミット》だ。腹は、減っていない。体調は万全だ。もっとも、昨日の夜、繁華街を少し離れた処に位置する寂れた雑居ビルの四階かにある、怪し気なあるジムの一隅で――そのジムには、俺は昨夜はじめて行ったのであるが――計量を無事に了《お》えるまでは、あまりの空腹に野太打ち廻る一カ月を過ごしていたのであるが。

待ちに待ったデビュー戦。バンタム級前座三回戦。俺の初陣である。この一戦を了《お》えた頃には、俺も晴れて、プロキックボクサーの仲間入りである。狭い世界だ。二十歳《はたち》までには、日本王者《チャンピオン》のベルトを盗ってやる！

自信は、勿論ある。弱い者にほど辛く厳しいこの世界、自信が少しでも揺いだ瞬間《とき》、その瞬間《とき》にはグローブを外さなければならない。青いといわれるかも知れない。若いといわれるかも知れない。しかし、俺はそう固く信じている。

剛柔流空手二段・柔道初段。中学からはじめた空手は、入門間もない白帯時代、黒帯の先輩相手に上段廻し蹴りを一撃、一本勝ちしたことだってある。拳に、胸に秘める闘魂の、そして人生の重さが違うんだ！

俺は控室のベンチに腰を下ろし、正面の剝き出しのコンクリートの壁の向こうを見詰めていた。

「高《コ》！　そろそろやぞ」

トレーナーの飯島さんの、俺を呼ぶ声が聴こえた。デビューまでの一年間、俺に稽古をつけてくれた大柄な中年男である。

「ハイ！　今行きます！」

俺は立ち上がった。


男の命を燃焼させる、血に飢えた白い四角いジャングル。リングの別名。リングへと向かう細く長い、トンネルの如き暗い花道。未だ観客も疎《まだ》らなこの一本道を、俺は、独り歩く。リングの上に、まだ敵の姿は無い。アップテンポな入場曲の大音響が場内に響き渡る。ロープを潜り、俺はリングに上がった。場内を見廻す。強い照明を一身に浴びた白いリングの上からは、客席は暗く、ほとんどなにも見えなかった。

またもや大音響で流行歌が鳴り響く。怒号とも野次とも、声援とも受け取れる若い男たちの叫び声と共に、敵がリングに上がって来た。

蛇のような眼をした男だ。敵と目が合う。

敵は、気味の悪い薄笑いを浮かべている。

短く刈った金髪、日焼けした肌、その褐色の肌に浮かび上がる肩から腕へかけての龍の刺青。パンツには、暴走族かなにかのチーム名のようなものが刺繍されていた。

「本日の第一試合を行います！」

リングアナウンサーの絶叫に、場内は沸き上がる。思っていたより、客が入っているように感じた。

「赤コーナー！

一一八パウンド。

チーム白虎所属。

マシンガン山倉！」

敵の名を叫ぶアナウンス。

ヤンキー風の男たちの荒っぽい声援が続く。

敵さんは、なにやら派手なパフォーマンスに興じている。挑発的なポーズで頻《しき》りに俺を煽り立てようとしている。勿論俺は、そんな馬鹿など相手にしない。今のうちだ、思う存分粋がっておくがいい。そんなことより、俺にはもっと大事なことがある。この後すぐに。

「青コーナー！
一一七パウンド二分の一。
北斗ジム所属。
……高《コ》・龍《ヨン》・雄《ウン》!!」

来た……！　この瞬間だ！

客の反応が全く気にならないと言えば嘘になる。無反応の沈黙か、それとも……！

「高くーん！」

二、三だが、黄色い声援が飛んで来た。

一寸拍子抜けがした。と、同時に、やはり少し嬉しかった。俺の考え過ぎだったのだろうか。

その時だった！

「なんやコイツ、チョン公か」

何処からか、囁《ささや》くような調子《トーン》で、そう嘲笑する声が聴こえて来た。

それになにかを思い、感じる暇もなく、すぐにゴングは打ち鳴らされた。

試合開始と同時に、敵は猛然と突進して来た。息つく暇《ひま》をも与えぬ猛ラッシュ！

出鼻を挫き、頭から畳み掛けてしまう作戦なのだろう。左左右！　左左右！

飢えた野獣のような敵の猛攻は続く。

だがお生憎《あいにく》、俺は一発たりともまともに貰ってはいない。奴《やっこ》さん、そろそろ疲れてきた頃かな。

頃合いを見て、俺は反撃に出た。打ち合い、距離を取る。……瞬間にローキック！　入った。

よし！　手応えは掴んだ。

それから一進一退の攻防の裡に、一R《ラウンド》終了の鐘が鳴った。コーナーに帰る。水を口に含ませる。口を濯《ゆす》ぎ、バケツに水を吐き出す。

飲むとき透明だった水は、吐く時には紅く染まっていた。

程なく、二R《ラウンド》開始の鐘が鳴った。


一分半を少し過ぎた頃、俺の左フックが敵の顳顬《こめかみ》を捉えた。拳に伝わる心地良い衝撃。倒れた敵は、カウントエイトで起き上がって来た。敵の表情を読む程の余裕は、俺にも無くなっていた。

好機到来！　今度は俺がラッシュを仕掛ける。

両者、脚を止めての打ち合い。激闘！

しかし、さっきのダウンの影響は確実に出ている。俺は次第に押していった。敵の眼の奥に、焦燥が感じられた。

ボディを見舞う。入った！

一瞬、敵のガードが下がる。

俺は左脚を半歩後ろに引いた。

……一閃！

鈍い音。軽い衝撃が俺の左背足から全身を伝う。

白目を剝き、崩れ落ちる敵。
場内は響動《どよ》めいた。
レフェリーは腕を振っている。鐘は連打されている。
二R《ラウンド》二分四六秒、KO勝ち。ハイキック――左上段廻し蹴り。

四

試合は終わった。俺のプロデビュー戦は終わった。今夜ばかりは、初陣を白星で飾った喜びを噛み締めていたい。そんな気持ちで、俺は祝杯を挙げることにした。と言っても、昭和の香り漂うような場末の小汚いラーメン屋においてなのではあるが。

カウンターしか無い狭い店内でジョッキを傾けつつ、俺はラーメンが来るのを待っていた。

客は俺を入れて、男ばかり四、五人。皆、無言でラーメンを啜っている。隣のサラリーマン風の男は、眼鏡を湯気に曇らせながら、流し込むように急いでラーメンを喰らっている。

ふと、俺は点け放してあるテレビに眼をやった。キャスターがニュースを読み上げていた。

画面には、羽織袴に銀髪の小柄な初老の男が映っている。威風堂々、肩で風を切りながら、男は神主を先立てて、壮大な木造建築の奥へと消えていった。

――小泉総理、靖国参拝か――

訳知り顔のコメンテーターらが表れて、そんな意味の事を論じ合っている。

俺は、夏休み前のあの校長の訓話を思い出していた。

在日が、朝鮮人が、首相の靖国参拝に拒否感を感じるのは解る。共感までは出来ないが、先の植民地支配の被害者として、日本の愛国心、日本の国威高揚に対し、強い拒絶を感じるのは、人間として自然な感情であるし、その気持ちは充分理解できる。

だが、日本人が、日本の愛国心に対し、懐疑し、嫌悪までするのは何故だろう。

日本人として、日本の為に、己が身を顧みず若き命を華と散らせた英霊たちを、悼み、敬する事は、日本人として当然の事ではないだろうか。是非を論じる必要もない問題だと、俺は思うのであるが。

自分を大切に出来ない者が他人を大切に出来るはずがないのと同様に、自国を愛せない者が、他国を愛せるはずなど無いのだ。

小学生でも解るような、簡単な問題ではないか。日本人には日本を、思う存分、大いに愛して貰いたい。在日の俺が、そう思うのだ。

画面が変わった。またキャスターの声が聴こえる。

――朝鮮学校に通う十六歳の少女が、通学途中、電車内で男にチマチョゴリを切り裂かれる――

……馬鹿野郎！

かなしい。情けない。殺したくなってくる。

それが貴様ら日本人の愛国心か！

十六歳の女の子。俺と一つ二つしか違わない。彼女もまた、自らの祖国を愛し、恐らく行ったこともないであろう未《ま》だ見ぬ祖国に自己の存在性《アイデンティティ》を求め、懸命に生きているに違いない。そんな彼女に、一体何の罪があるというのだ！

俺は、会ったこともないその朝高生の彼女を、抱きしめてやりたいほど愛おしく感じた。

――なんやコイツ、チョン公か――

試合直前に耳に飛び込んで来た野次が、急に思い出された……

「はい、お待ち！

ラーメンギョーザセットね」

威勢のいい店主の声に、俺の想念は掻き消された。

俺は割箸を割る。麺を摑み、啜る。熱いスープで麺を流し込む。口の中が熱く、そして痛かった。

五

ラーメンを喰い終えた。まだ少し口の中が痛い。試合中は興奮状態にあるので痛みなど全く感じないのだが、思っていたより敵のパンチを貰っていたようだ。

そう思えば全身がズキズキ痛むように感じる。

気にする程の事はない。いつもの事だ。暫《しばら》くすれば治るのを、俺は経験で知っている。

コップの水で口を濯《ゆす》ぎ、俺は席を立った。

店の外が妙に騒がしい。だが、喰い終わった俺には何の関係もない事だ。

俺は金を払い、店を出た。

減量、猛稽古、そして激闘……ヘトヘトに疲れた体に、酔いが廻るのは早い。ジョッキ一杯のビールに、俺は上気しているのを認めた。

夏の夜風は、火照った俺の頬に生温かった。

心地良いほろ酔いの裡に、俺は歩き出そうとした。

「ちょう待て、コラァ！」

背後から男の怒号が聞こえた。

反射的に、俺は振り向いた。

眼前に、見るからに質《たち》の悪そうな若い男の姿を認めた。……一人ではない！

気がつくと、俺は取り囲まれていた……

相手は十人ばかりいる。

「なんや、どかんかい！」

俺はチンピラ連を一喝した。

「ニィちゃん、ワレ、ウチの若いモンよう可愛がってくれたのォ」

明らかに眼つきのおかしい一人が、ヘラヘラ笑いながら俺にそう言った。

俺はイマイチ状況が飲み込めない。

「何の話や。

人違いちゃうんか」

俺は連中を無視して通り過ぎようとする。

「待たんかい、コラァ！　ウチの山倉が世話なったけぇ、お礼したろ言うとんのやろが！」

傍にいた別の男が声を荒げた。

スキンヘッドの、眉毛の無い男だ。眼が血走っている。

俺は状況を理解した。

「何や、お前ら弔いに来たっちゅうんか」

眼つきのおかしい方は懐手でニタニタ笑っている。

周囲を囲んでいる連中がジリジリと距離を詰めて来た。

「あほちゃうか。そんなもん、タダのスポーツやろが」

言いながら、俺は無意識に逃げる機会《チャンス》を窺っていた。

「何ビビっとんねん。ニイちゃんには何もしいひんて。

ただ、一寸でええんや。
山倉の入院費、出したってぇな」
リーダー格と思しき金髪の大男が、妙に落ち着いた口調で諭すようにそう言った。
リーダー格は、どんよりと濁った眼の裡に、静かな殺気を湛《たた》えていた。
嫌な空気が流れる。背中に戦慄が走る。

「そう言えばお前、朝鮮人らしいな」
リーダー格は何気ない調子でそう言った。
……咄嗟に、俺の体は動いていた！
俺の左正拳が奴の顔面に飛び込んだ……！
グシャリと、鼻の砕ける音がした。
リーダー格は鼻を押さえて蹲《うずくま》る。
俺はガラ空きになった奴の股間を蹴り上げた……
絶叫の裡に野太打ち廻るリーダー格の男。
奴を蹴り倒し、俺は連中を睨み廻した。

連中が気後れしているのが感じられた。
俺は立ち去ろうとした。
そのとき！
「叩き殺せ！」
スキンヘッドの絶叫を合図に、
蜂の巣を散らしたように連中は、
一気に俺に襲い掛かってきた！
上を下への大乱闘が始まった……！
絶叫……
鮮血……
雨霰《あめあられ》……！
熟れた柘榴《ざくろ》の弾けたような血祭りの祝宴《カーニバル》。
混沌の大混乱の裡に、
次第にパトカーのサイレンが、
海鳴りのように、

近く遠く木霊《こだま》していた……

六

「あんた、ほんまにアホなことばっかりして……！」

母は、俺を抱きしめながら泣き崩れた。

久々に帰って来た家は、相変わらず貧しかった。

だが、それでも俺を大いに安堵させるなにかが、確かにそこにはあるように感じられた。

俺は三日間、警察署に留置されていた。やっと自由の身になれたのは、今夕のことだった。迎えに来てくれたのは、それでもやっぱり母だった。

「……ごめんやで、おかん。

迷惑ばっかかけてな。

元気しとったか。

みんな元気しとったか」

「何が迷惑や。

あんたは私の大事な子供や……」

母は力強く、俺を抱きしめた。

「……」

なにか言いたいことがあるような気もしたが、今はなにも言う気にはなれなかった。

俺も、母を強く抱きしめた。

母の体温が、かなしみが、そして、涙で綴られた四十余年の人生の労苦が、感じられるような気がした。

「おかん……

俺は一体、何人《なにじん》なんやろうな……」

「なにを言うてんの……

あんたは韓国人や」

「朝鮮人やなくて韓国人か」

「そんなんどっちでもええねん。

どっちも一緒や」

この場合、母の言っている事が正しい。

勿論俺も、政治的な意味をもって訊いたのではなかった。

そして、俺ら母子《おやこ》だけでなく、多くの、恐らくほとんど全ての在日コリアンにとって、政治的な、国家的な意味での韓国や朝鮮など、殆《ほとん》ど全くといっていいほど何ら意味を持たなかった。実体として存在しなかった。

それらの言葉は大多数の在日二世三世にとって、ただ幻想的記号としてのみ、その存在価値を有していた。

そして多くの場合、在日にとって韓国という語も朝鮮という語も、ある特定の政体や主権国家を指すのではなく、朝鮮半島という故郷の大地を指しているのである。

譬《たと》えそれが、幻想裡の故郷であったにしても……

「韓国行ったこともないのに韓国人言うてもなァ……」

「なに言うてんの。

あんた去年、修学旅行で行って来たやん」

「そんなんちゃうの解るやん。

住んだこともないし」

「あんた、祖父母《ハラボジ・ハルモニ》も知らんもんなぁ……」

その通りだ。

戦前の植民地時代、皇国臣民《にほんじん》として当時の日本統治下朝鮮全羅道済州島から内地《にほん》に渡って来た在日一世の祖父母を知らない俺にとっては、自己の身内に朝鮮語話者は一人もいない。

母も、親戚たちも皆、日本語しか話せなかった。

故に俺にとって韓国や朝鮮というものは、観念に過ぎなかった。生活に根を下ろしてなどいない。

ましてや俺が韓国人であるという、自己の存在性《アイデンティティ》に関する命題は、俺自身、証明できるはずもなく……

かといって、自分が日本人だとも思えなかった。否、自分で自分を日本人だと自己規定してみたところで、本物の日本人が俺を日本人だと認めてくれるとは、どうしても思えなかった。

俺たちは要するに根が無い存在だ。日本社会という荒れ狂う海に海月《くらげ》のように漂うちっぽけな根無し草――それが在日……！

それならば何故、観念に過ぎないはずの朝鮮人という言葉、そのたった一言に、俺は三日前あれほど怒り狂ったのだろうか――

きっと理屈じゃないんだろう……

理由《それ》は俺にも解らなかった。

「学校、どないなんねやろうなぁ……」

「大丈夫や、どないもなれへん。

あんた、あと半年で卒業やんか」

「学校から連絡あった」

「……」

「なんで黙るん。

正直に言うてくれ」

「……ちょっと待っとき。

大丈夫や。絶対大丈夫や！」

「……」

母が能天気なのか、なにかを隠そうとしているのか、将又《はたまた》我が子を守ろうとする母性の覚悟なのか。

俺には皆目解らなかった。

兎に角、新学期が始まるまで、待ってみることにしよう。それまでには何らかの音沙汰がある筈だ。

夏休みも、あと一週間足らずで終わろうとしていた。

鈴虫の楽隊の織り成す重奏が、秋の夜長に晩夏を誘《いざな》っていた。

七

二学期が始まった。高校生活最後の二学期が。九月一日、木曜日。まだまだ、暑い。

未だ半袖の夏服の季節だ。確か十月に、冬服に衣替えするのだったと思う。

もっとも、俺がそれまでこの学校にいられるか、それは未《ま》だ解らない。

そう思うと、今までまるで刑務所のように感じられ、嫌で嫌で堪《たま》らなかった学校生活が、何故だか急に愛おしく、美しく思えてきた。

現実が想い出に変わろうとしているからであろうか。遠い記憶の彼方では、思い出は常に美しい。

まるで、昔の恋人は追憶の裡に、いつだって眩しく輝いて見えるように。

始業式という名の儀式的集会は、何事もなく無事に終わった。特にこれといって、〝あの事件〟は触れられる事もなかった。

小泉総理はこの年、八月十五日のいわゆる「終戦記念日」には結局参拝しなかった。

なのでお約束の校長の訓話に、小泉が話題に上ることもなかった。

政治的なことといえば、韓日（別に俺は大韓民国に忠誠を誓っている訳でも、韓国に肩入れしている訳でもなんでもないが、在日朝鮮人という俺の客観的立場上、こういう場合、俺は敢えて韓日と呼ぶことにしている）両国間に領有権問題が持ち上がって来た独島《トット》（竹島）問題が出たくらいである。

独島問題――これも俺には、お題目を唱えているように聴こえてならない。

文字通り、島の政治利用ではないのか……！

全校生徒が、といっても一学年四〇人足らず、三学年合わせても一〇〇人前後にしかならないのだが、ゾロゾロと各自の教室へ帰ってゆく。

教室に入り、担任の教師が出席を取りに来るまでの束の間、生徒等は皆思い思いに自己の時間をつかっている。歓談する者。自習する者。ふざけてはしゃぎ廻る者。

心なしか、級友《クラスメイト》たちは俺に余所余所《よそよそ》しいように感じられた。

もっとも、普段から親しく付き合っている奴がある訳ではなかったが、それ以上になにか、俺が通ると道を避けるような、畏怖とも、禁忌ともつかないような対象として、連中が俺を持て余していることが、こんな短い時間の裡にもはっきりと感じられた。

例の乱闘事件が次の日の全国ニュースに出たことは、俺も母から聞いて知っていた。


ガラガラと音を立て、教室のスライド式の扉が開いた。

パンチパーマの担任教師が入って来た。

仮に、H先生としておこう。

昔、柔道をやっていた四十半ばの男である。

勿論、彼も在日朝鮮人だ。

H先生の風貌は、奈良や鎌倉の古寺にあるような大仏をイメージして頂ければ、先ず間違いない。

H先生は、丸眼鏡を掛けていた。

「高龍雄《コヨンウン》、後で教務室（日本学校でいうところの職員室）に来い」

教壇に上るなり、開口一番H先生は俺にそう告げた。

学級《クラス》が一瞬響《どよ》動めいた。

皆の視線が瞬時に俺に集中し、その後直ぐ、なにか見てはいけないものを見たように、皆が俺から眼を外らせた。

教室は、喩《たと》え難い異様な緊張に包まれた。

俺は、覚悟を決めた。


「シルレハゲッスンミダ（失礼します）」

煙草の煙がモウモウと立ち籠める教務室に入る。

俺がH先生を捜すより先に、俺の姿を認めたH先生が遠くから俺に呼び掛けた。

「おう、こっちやこっちや」

俺は、奥の「進路相談室」という名の別室に通された。

「まぁ座れ」

「……はい」

既に肚を括っていた俺は、努めて平静を装った。落胆すまい。縋りつくまい。取り乱すような真似はするまい。

大丈夫だ。大した事はない。

男一匹、高校くらい退学になった処でなんてことはない。なんとでも、テメェの人生、テメェで切り拓いて見せる……！

俺は、拳を固く握り締めていた。

「お前ホンマ、エライ事やってくれたのォ」

「はぁ……どうも」

「オモニ（母親）もびっくりしとったやろう。

ワシもびっくりしたで、ホンマ」

「いや、そんな……大した事ないっスよ」

相撲でいう塩撒きのような会話が続く。

何《いず》れにしたって結果は同じ、だったら早く本題に、否、結論に入ってくれ、と思いながら、五分ばかり、H先生の無意味と思える質問に受け答えする。

世間話のネタも尽きたのだろう。H先生は百円ライターで煙草に火を点けた。

白い煙が立ち昇る。H先生は真面目くさった顔をして、真剣に煙草を喫《の》んでいる。

俺は、黙って紫煙の行方を見詰めていた。

「お前、韓国行ってみいひんか」

H先生の発した予想外の言葉が、室《へや》の沈黙を破る。

「え！

……韓国ですか」

「そうや。韓国や」

「韓国なら、去年修学旅行で行ったやないですか」

「あほ！　大学や。

お前、進路どないすんねん」

「いや、進路もなにも……

第一俺、退学になるんやないんですか」

H先生は一呼吸置いた。

「本来ならば勿論そうや。

新聞沙汰になるような真似までしよって。

本来ならば君を本校に置いとくようなことはできん」
「ほな、なんで……」
「お前、あの時〝朝鮮人〟言われてキレたらしいな。
……そんな、どうでもええ事で。
ワシがあれで何遍警察署行ってアレしたか、お前解っとんのか。
まぁええわ。兎に角それでや、お前の話が当然校長の耳にまで入ってな……」
俺は、今朝始業式で会ったばかりの禿げ頭の校長を想起した。
「……校長先生、怒ってはりましたでしょ」
「それがや！
どういう訳か校長がお前の行動にえらい感心してな。
若気の至りとはいえ、これは民族の誇りの為に闘った義挙や！
今どき珍しい愛国的青年や！　言うてな。
彼のような子が本校の生徒で私は嬉しい。
彼を退学させたら絶対にあかん！
と、こうや。

まぁ、鶴の一声っちゅうやつやわな」

「……」

「それに、相手が質《たち》の悪い愚連隊みたいな連中やったから逆によかったようなものの……

ホンマやったらお前、今頃少年院やぞ。

相手の奴等、今刑務所の病院に入院しとんの知ってるか」

「さぁ……」

「これ以外にも余罪が仰山あるらしいわ。

まぁ、そんな事はどうでもええ。

ちゃんと校長先生にお礼言うとけよ」

俺は、胸が熱くなるのを覚えた。

「……先生《ソンセンニム》、ほんまありがとうございます」

「……別にワシに礼言うことあれへんけど。

ところでお前、韓国行く気あるんか」

「……それと韓国と、一体なんの関係があるんですか」

「いや、実はな……」

H先生の話では、韓国中部の忠清南道《チュンチョンナムド》天安《チョナン》市という地方都市にある誠国《ソングク》大学という聞いたこともない大学に、来年度の二〇〇六年から武道学科が新設されるという。

その誠国大学の学長と親交があるというウチの校長が、新設予定の武道学科の推薦枠を取って来たのだが（そのナントカという大学の学生確保の為に、枠を押し付けられたと言った方がヨリ正確な表現か）、校長が俺の武勇と愛国心（？）を買い、是非行って貰いたいと直々のご指名なのだという。

……正直、誤解から生じた有難迷惑な話なのではあるが、今の俺は、そんなことを言えた立場には無い。

「先生《ソンセンニム》、どうしても行かなダメですか……」

「まぁ、無理にとは言わんが……

ワシも立場があるでなぁ。

君も校長先生の心象悪うしたら……」

脅しじゃないか！

「……二、三日、考えさせて下さい」

H先生はまた煙草に火を点け、壁に掛けてあるカレンダーに目をやった。そして煙草を一服し、暫《しばら》く考えてからこう言った。

「ほな、金土日と一寸考えておいで。

月曜会《お》うたときに、また返事聞かせてや」

「わかりました！

週末考えて来ます」

俺は一礼し、室を出た。

逃げるように教務室を後にした。

校長先生やH先生が、俺の為に気苦労し、骨を折ってくれたのは本当にありがたい。感動している。だが、それとこれとは話が別だ。

俺の人生を、政治利用されてたまるものか！

八

翌、金曜日。今日まで学校は半ドンである。

正午過ぎに授業は退《ひ》け、俺は家路に就いている。

電車の窓から、中学一年からの五年半見続けた見飽きた同じ景色を、見るともなしに眺めていた。

日本の公立小学校を出た後、俺は母の強い意向により、この民族学校に入れられた。

韓国人としての、誇りを身に付けさせる為に。

学校自体は、幼稚園から高校までの一貫教育を行っている。都会の公立小学校ほどの狭い敷地内で。

昨日からずっと、俺はあの事を考え続けていた。

校長は俺を誤解している。

俺はなにも、民族の矜持を胸に生きている訳ではない。

そもそも、住んだこともない韓国や朝鮮に、誇りを持てるはずも、忠誠を誓えるはずもない。それは人間としての、正直な心境ではないだろうか。

本名でリングに上がったこと——あれにだってそんなに深い理由も思想もあった訳ではない。

通名を、つまりは日本人である「父」の苗字を遣《つか》いたくなかっただけのことだ。

ただそれだけだ。

それに、だからといってたかが前座のデビュー戦に、リング・ネームを付けるのも大袈裟過ぎる気がして馬鹿馬鹿しい。

俺は、自分を偽りたくない。

俺が日本人でないのと同様に、俺は韓国人でも朝鮮人でもない。

本当は最も嫌いな表現ではあるのだが、やはり「在日」は「在日」以外の何物でもあり得ない。

「在日」という名の、日本におけるひとつの少数民族……

だが、日本人に韓国や朝鮮を悪し様に言われると無性に腹立たしいのは、一体何故なんだろう……

そんなことを考えているうちに、いつしか俺は家へ辿り着いていた。


「早く出て行ってくれんかのォ……」

「父」の悪意ないたった一言が、この日の導火線となった……！

俺が昼メシにラーメンを作ろうとし、ポットの湯を誤って手にこぼしたときに発した反射的な叫びに、夜勤前の「父」が五月蝿《うるさ》いと反応したのだった。

咄嗟に発する無意識の言葉に本心が宿っていることは、よくあることである。

それから先はいつもと同じ、我が家のルーティン・ワークであった。

剝き出しの感情の、人間と人間。

否、猿と猿といったほうが、より適切な表現かも解らない。

叫び合い……

罵り合い……

憎しみ合い……！

途中に母が仕事から帰宅した。

……母は絶叫した！

三つ巴の、地獄のような凄惨な家族戦争は終わるところを知らなかった……

「こんな家もうオサラバじゃ！

好き勝手に生きて俺を貧乏のどん底に叩き落としやがって……

誰が貴様の世話になんざなるか！」

「弱い犬ほどよう吠えるのう。

お前は一生、親元をよう離れんやろうで」

「抜かせ、ドアホ！

高校出たら、俺は一生この家には戻らんからな！」

「この家を出て、お前は一体どこに行くゆうんじゃ」

「俺はな、大韓民国に行くんじゃ！

二度とここには帰って来んからな！」

……深く考えた末での結論でもなんでも無い。

ただ場当たり的に口を衝いて出ただけの啖呵である。

「あんた……

韓国行くの！」

寝耳に水——狼狽し、追い縋《すが》る母を後目《しりめ》に、俺は玄関の戸を蹴り飛ばし、そのまま家を出て行った……

九

その日の夜更け。

「父」は出勤したようだった。

弟妹《きょうだい》たちは眠っていた。
俺は、それでも帰って来た。
行く処なんて、何処にも無かったから。
母はずっと、俺の帰りを待っていた。
帰って来たのは、午前零時を過ぎた頃だったろうか。
「あんた、ほんまに韓国行くんか」
「……遠くに行きたいねん。
韓国でも東京でも、どこでもええ。
大阪から少しでも遠いところに行きたい」
母と子、六畳の室。襖越しには弟妹の寝息。古くなった電灯は明滅している。
「実技試験良かったら、特待で入れるいうしな。自信あるねん。
このままここには、もうおられへんし、おりたくもない。
東京とか行って三Kの会社に就職したりするよりは、夢があってええんと違う。
武道も続けられるし、もしかしたらチャンスもあるかもせえへん」
「何のチャンスや」

「それはまだ解らんけど、なんとなくそんな気がするねん」

「なんかあったら、いつでも帰って来《き》いや……」

心配やなぁ、韓国なんかそんな遠いところに」

「韓国人として生きろ、言うたんはおかんやんか」

「それは言うたけど……」

まさか韓国に行って住むとまでは思うてなかったわ」

「……あいつら、俺を恨んでるやろうな」

俺は、眠りにいる弟妹の方に目をやった。

「そんなことあらへん。

光太も真希も、お兄ちゃん大好きや」

「……光太の為にも、俺は早《は》よこの家出たほうがええんや」

「そんなこと言わんと……！」

「いや、ほんまのことや。

光太が、この稲本家の跡取りやから。

俺がおったらあいつに運勢が来《け》えへん。

家の中に、男が二人もおったらあかんねん」
「二人って、あんたと光太か」
「俺と親父や。
親父との関係がこうなったんも、最初からそれが原因や、根本的な。
嫌いとか、そういう事じゃないねん、多分……お互いにな」
「よう解らんけど……そんなこと言われたら、お母さん辛いわ……」
「俺には解るねん。
……おかん、ほんまにごめんやで」
「なに言うてんの……！
お母さんこそごめんやで……
龍雄《たつお》、こんなお母さんを許されへんと思うけど……」
泣き崩れる母……
俺の感情はこんなとき、どう動けばいい。
「……許すも許さんもないよ。
それも含めて、それが人生や。

親父とのことも、ずっと時間が経てば、例えば俺が結婚して、俺も家族を持つくらいになれば、俺の中でまた感情が変わってくるかも知らん。

だからそれまでは……

今はまだ旅の途中、まだ旅のはじまりくらいのもんやから……」

俺は母の背中をやさしくそっとさすり、無言で母を抱きしめた。

「アイゴー……

龍雄はほんまにやさしい子や……

ウリ龍雄はほんまにやさしい子や……」

母は、俺の腕の中で泣いていた。

俺も、母の背に頬寄せて泣いた。

母子《おやこ》は涙の裡に、

互いの心を捜し合い、

求め合い、

慰め合っていた。

いつまでも……

いつまでも……

月曜の朝一番、俺はH先生に、実技試験を受けに韓国に行く旨を伝えた。試験には無事、トップ合格を果たした。

俺は晴れて特待生として、韓国・誠国大学《ソングク》の新設武道学科に入学することが決まった。少しは親孝行の真似事が出来た気がして、照れ臭くも、やはり嬉しかった。

キックボクシングで日本チャンピオンに成るという目標は、やや有耶無耶《うやむや》になってしまった感は正直否めないが、海の向こうの新世界に、また新たなる武道人生が俺を待っている事だろう。

二〇〇六年二月十九日、俺は機上の人となった。俺は「祖国」の土を踏んだ。

後になって母から聞いた話では、俺が出立したその晩、光太は俺を慕い泣いていたそうだ。

愛しさと申し訳なさに胸が詰まりそうになったのを、今でも俺ははっきりと覚えている。

（注）韓国では三月から新学期が始まる。

第二章　玄界灘の海月《くらげ》

漂える　玄界灘の　塵芥
祖国喪失　我のブルース

一

「独島《トット》を返せ！」

留学先の韓国・誠国《ソングク》大学にて、俺が最初に浴びた洗礼であった。

例の校長の半ば強引な推薦により俺が入学した誠国大学は、一九八〇年に設立された、歴史の浅い総合大学である。

文学部、社会学部、法学部、理学部等の一般学部のほか、ミッション系の大学故、神学部が設置されていた。

そして、体育学部。その体育学部に今年から新設された武道学科に、俺は入学したのである。

大学は、驚くほどのド田舎に在った。

入学前、ソウルから車で一時間ほどの距離にある〝天安《チョナン》という地方都市〟とは聴いていたが、正直、大阪生まれ大阪育ちの俺には、〝地方〟というものがどんなものであるか、現実として想像が出来なかった。

そして、来て見てビックリしたのである……！

天安市は人口五〇万ほどの小さな市《まち》である。車で五分も走れば、市街地は終わってしまう。

そして、それから十分も走らぬうちに、良くいえばのどかな田園風景が一面に拡がる。見渡す限りの、山山山。畑畑畑。時々、牛……

誠国大学は、そんな田舎道を市の中心部にあるバスターミナルから、一時間に二本しか出ていないバスに揺られ、三十分ほど走ったところに位置している。

周囲にはなにも無い。

最寄りのコンビニまでは徒歩で十五分も掛かった。陽が落ちれば、当然真っ暗である。

「騙された！」

誠国大に来て最初に抱いた率直な俺の感想である。勿論、誰も騙してなどはいないのであるが……

兎に角、俺が入学した誠国大学はそんな場所であった。

俺たち武道学科新入生は、オリエンテーションと呼ばれる合宿訓練に、入学式の一週間前から参加させられていた。勿論、強制である。

武道学科では、専攻が四つの種目に分けられる。先ず、韓国の国技であり韓国を代表する格闘技、跆拳道《テコンドー》。次に、柔道。剣道。この二つは言うまでもなく日本発祥の武道である。

そして最後が、合気道《ハプキドー》という韓国武道。

日本の武道・合気道《あいきどう》と同名だが、全く別の武道である。

日本の合気道《あいきどう》のルーツでもある古武術・大東流合気柔術の創始者・武田総角《そうかく》翁より武術を学んだ朝鮮人・崔龍術《チェヨンスル》師が、戦後、韓国に戻り創始した武道であるという。

競技形態は、跆拳道と柔道を掛け合わせたようなもので、日本拳法のそれによく似ている。

空手出身で、且つ柔道の心得もある俺は、この合気道《ハプキドー》を専攻することにした。

〝事件〟は、入学式を前日に控えた夜の道場で起きた。一期生故に先輩のいない俺たちは、助教という肩書きのコーチ連からの厳しいシゴキに耐え、やっとの思いで夕方まで続いた稽古を終え、素早く夕食を済ませた後、再び道場に集合、学科の教授でもある師範が来るのを待っていた。予定では、夜は座学である。

「お前、日本人か、韓国人か」

男ばかりが総勢百余人、一週間にも及ぶ軍隊式の理不尽なシゴキにフラストレーションも頂点に達していたのであろう、同期の一人Kが、些細な事からそう言って俺に因縁をつけて来た。

勿論、韓国語である。

「……」

咄嗟に、俺は答えることが出来なかった。

それは俺自身、日本にいた頃から、屡々《しばしば》考え悩んでいた問題であったから。

だが、Kのその質問が敵意を含んでいる事は、容易に感じ取る事が出来た。

俺が返答に窮していると、怯んだと見たのか、Kは捲《まく》し立てるように嵩《かさ》に掛かって凄んで来た。

俺は、大阪訛りの拙い韓国語でなにかを言おうとしたが、上手く言葉にすることが出来なかった。

その時、Kはここぞとばかりにこう喚いたのである。

「おい、この日本人野郎《チョッパリセッキ》！

独島《トット》を返せ！」

——竹島を返せ！——

全く同じ意味の罵声を、日本で、俺は日本人からも浴びたことがあった。

高校二年の冬、文豪・川端康成の小説『雪国』でお馴染みの新潟県は越後湯沢にある、Sという古い温泉旅館で、冬休みを利用し住み込みのアルバイトをしていたときのことだった。

はじめての接客業になかなか慣れず、失敗を繰り返していた俺に、古くからそこで勤めている頭の禿げた年寄った男が、

「コイツ、覚えが悪いなァ。

（俺の名札を見）なんだお前、中国人か」

「いえ、韓国人です」

俺がそう答えると、男は苦虫を嚙み潰すような表情をして、吐き捨てるように言ったのだった。

「なんだ、チョーセンか。

竹島を返せ！」

全国で最も「在日」の多い大阪を出たことのなかった俺は、在日二世の校長や母がヒステリックに強調するほどの酷い差別を受けたことはなかった。

それ故に、北朝鮮による日本人拉致事件の現場であり、その昔、朝鮮人の「帰還事業」において、約十万人の在日朝鮮人たちを「祖国」北朝鮮へと送った帰国船・万景峰《マンギョンボン》号の出港する港であった新潟港を有している新潟県で受けた「差別体験」は、その後も俺に強烈な衝撃として残り続けていた。

思えばこれが、俺が生まれてはじめて受けたマトモな「在日差別」であり、自分が「在日」であることを、意識する最初のキッカケでもあった。

……まさかそれと全く同じ事を、それでも同じ同胞だと、心の底では信じて疑いもしなかった、同じ韓国人から言われようとは！

悲しさと、寂しさ……口惜しさと情けなさが同時に込み上げて来た。

腹が立つ、というよりも、己れの無力を痛感させられる思いがした。

校長が自信満々に叫んでいた「韓民族としての誇り」とは、一体なんだったのか。

俺たち「在日」は、それでも韓国人ではなかったのか。

Kは俺にハッキリと、「日本人野郎《チョッパリセッキ》」と吐き捨てた！

Kにとって、つまりは韓国に住む普通の韓国人にとって、俺たち「在日」は日本人なのだろう。

日本語しか話せず、日本の文化習慣の裡に生きる俺たち「在日」は、日本人にしか見えないのだろう。

日本にいては日本人から、「チョーセン人」と蔑まれているにも拘らず……

――竹島を返せ！――

――独島を返せ！――

――竹島を返せ！――

――独島を返せ！――

同じ「差別」されるのなら、外国人である日本人からされる方が、同胞であるはずの韓国人からよりは遥かにマシだ。

日本にいれば「チョーセン人」。

韓国に来てみれば「日本人《チョッパリ》」。

俺たち「在日」の存在とは、一体……


俺は、暫《しば》しその場に、ただ茫然と立ち竦《すく》んでしまった。

他の連中の嘲る声が耳に入る。

俺は、ハッと我に返った。

これではいかん。

このまま退き下がってはいかん。

理性より、本能が先に動いた。

幸い、俺たちは道場にいた。

「……来いよ」

指でKに合図を送り、俺は青畳の中央へと向かった。

皆が囃《はや》し立て、煽り立てるように、対峙する俺とKを取り囲んだ。

Kは大人しいと思っていた半日本人《パンチョッパリ》の俺に挑まれた事が余程癪に触ったのか、激高している。

或いは彼なりの、愛国心故の発露なのだろうか。

お節介にも審判役を買って出る男がいた。

彼の合図で、試合は始められることとなった。

規則《ルール》は、勿論無い。

俺はKの眼を読み、躰《たい》を読む。

「準備《ジュンビ》……始作《シジャッ》（始め）！」

試合は始まった。

Kは両手を大きく挙げた。

読んだ……！

俺はほとんど無構えのまま、Kに近づいた。

一瞬、Ｋの眼に油断の色が映った。

Ｋは力強く、俺の道着の右襟を掴む。

俺はされるがままにしている。

すかさず、Ｋは俺の左袖を掴んだ……瞬間！

Ｋは俺を背負い躰《たい》を返した！

俺の体が宙を舞う。

連中が響動《どよめ》いた。

次の瞬間……！

鈍い大きな音と共に、Ｋは泡を吹き、大の字になってその場に倒れていた……

俺はＫの背負い投げを返すと同時に、落下の重力を利用し、Ｋの顎に肘打ちを合わせたのである。

一同、沈黙。

誰一人、声を立てることが出来ないようだった。

俺はＫに一瞥をくれた後《のち》、見るともなしに連中を眺めた。

皆、馬鹿のように目を皿にして呆然と俺を見詰めている。

「どけよ」

俺が近づくと、連中は、モーゼが海を割るかの如く俺を避《よ》けていった。

俺は、何故だか無性に喉が渇いていた。

「教授が来られた！」

目敏《めざと》い同期の一人が声を張り上げた。

「整列！」

二日前、主将に任命されたばかりの男が大急ぎで号令を掛ける。

ものの五秒と経たぬ間に、俺を含めた全員が、整列し畳の上に正座していた。

扉が開かれる。

筋骨隆々の助教数人を従えて、教授が道場に入って来た。

やはり筋骨逞しい身長一八〇を越える大男である。パンチパーマに太い眉。色つきの眼鏡を掛けていた。

「気をつけ！

教授に礼！」

主将の号令。

「アンニョンハシムニカ！」

声を揃えて、続く一同。

日本の大学体育会も大体同じであろうが、要するに軍隊そのものである。

未だ徴兵制度の残っている韓国では成人男子のほとんどが軍隊経験者である為、日本の体育会に比べヨリ生々しいかも知れない。

と、教授が、独り道場の隅に寝ているKに気づいた。当然である。

「あいつは一体どうしたんだ」

一瞬、なんとも言えない空気が流れる。

「組手を頑張り過ぎたようであります！」

機転のいいのが透かさず答え、ナントカその場を凌いだ。

が、連中、チラリと俺を盗み見やがる。

「高龍雄《コヨンウン》！」

突然、教授が俺の名を呼んだ。

「イェ（はい）！」

道場内に緊張が走る。

万事休す……入学式を待たずして早《は》や退学か……

「韓国名になっとるが、お前日本人か」

出席簿らしきファイルを眺めながら、教授は俺に訊いた。

取り敢えずホッとした。

「在日僑胞です」

「そうか。

俺も昔、日本に留学してたよ」

教授は、朝鮮訛りの日本語でそう返して来た。

「そうなんですね」

俺も日本語で返す。

「日本体育大学で博士号を取ったよ。

お前知ってるか」

「はぁ、名前ぐらいは」

そんなやり取りを少しした後、教授は俺に、再び韓国語でこう訊いた。

「お前、民団・総連どっちや」

またしても俺は、返答に窮してしまった。

俺の通った民族学校は、大韓民国を支持している、所謂民団系である。

だが、俺は自分の意志により民団に所属したことは無いし、今後そうするつもりも無い。

寧ろ俺の家は母が二十代の頃まで、日本人にとっては悪名高い、北朝鮮の出先機関・朝鮮総連に所属する、いわゆる総連系であった。

もっとも、それも俺とは直接何の関係も無い。

俺は、ある特定のイデオロギーを信奉したり、特定の国家に忠誠を誓ったりしている訳ではないんだ！

住んだこともない韓国にも朝鮮にも属さず、所属出来ず、かといって日本人にも成れず、中途半端に朝鮮半島と日本との狭間に、玄界灘に、海月《くらげ》のように漂流している万国の異邦人――それがむしろ、在日僑胞の正確《リアル》な姿だと思うのだが……

だが、俺の拙い韓国語では、また、軍隊式の体育会的人間関係では、俺が教授にそんな事を伝えられるはずも無く。

俺は何かいい加減な事を喋り、その場をやり過ごそうとした。

俺は、そんな自分が嫌だった。

教授がどんな意図をもって俺にそんな質問をしたのかは知らないが、何処か後味の悪いなにかが俺の中に残ったことだけは事実だった。

Kをブッ飛ばして見たところで少しも気の晴れない、俺の心に残り続ける奴の言葉——独島《トット》を返せ！——の、心中のリフレインと共に。

二

三月二日。なんとか無事に、俺は入学式を迎えることが出来た。

印象は、特になかった。

学校の経営母体のお偉いさんかなにかだろう、理事長と名乗る牧師か神父かが来て、嘘臭いお題目を鹿爪らしく唱えていた。

学校生活にも寮生活にも、馴染むことも慣れることもないまま、悶々と三月は過ぎて行った。

僅か一カ月も経たぬうちに、百人一寸いた同期のうちの三分の一ほどは、早や姿を消していた。

入学前のオリエンテーションでやり合ったKの姿も、いつの間にか見なくなっていた。

あれ以来一度も口を利くこともないまま、Kとはそれっきりになってしまった。

だが、あの時Kの吐いたあの言葉は、それからずっと、俺の心に楔《くさび》のように深く打ち込まれてしまっていた。

――独島《トット》を返せ！――

俺は考え込むことが多くなった。
民族について、
国家について。
何故だか解らないが、日本人に〃チョン公〃と罵られるよりも、韓国人に〃日本人《チョッパリ》野郎《セッキ》〟と追い立てられる方が、余程悲しく、胸に堪えた。

Kとの決闘事件以来、同期の連中の誰一人として、俺に話し掛けようとはしなかった。

授業以外のほとんどの時間を、俺は独りで過ごしていた。

授業といっても、その半数以上が実技だったのであるが。

一言でいって、俺は孤独だった。

寂しかった。

……人知れず、涙を流す日もあった。

だが不思議と、帰りたいと思ったことはなかった。

帰る場所なんて、何処にもなかったから。


その日も俺は授業の後、夜の稽古が始まるまでの数時間、キャンパスの青い芝生に寝転んで、学校の図書館で偶々《たまたま》見つけた日本語の本を読むともなしに眺めながら、独り時間《とき》を過ごしていた。

日本より遅い韓国の桜は、満開の時期を迎えていた。

桜の花の甘い香りがそこはかとなく漂い、今の俺の心とのミスマッチが、なんとなく可《お》笑《か》しく感じられた……


「なにしてるの」

微睡《まどろ》みかけていた俺は、女の声に気がついた。

透き通った、何処か懐かしさを感じさせる不思議な声だった。

思わず俺は眼を開けた。

眼前に、俺と同い歳か少し幼く見えるくらいの、若い女が立っているのが認められた。

絹のような黒髪にやや褐色がかった健康そうな肌、そして全てを受け容れたような瑞々しくも深い瞳が印象的な、割と端正な顔立ちをした女だった。

見覚えはなかったが、誠国大学の学生には違いないだろうと思った。

「隣、空いてる」

女はそう訊いて、手に二本持っている缶ジュースのうちの一本を、俺の前に差し出した。

手を伸ばし、俺はそれを受け取った。

そのとき、少し手と手が触れた。

缶の冷たさと、女の手指の温もりとを同時に感じた。

女は俺の隣に座った。

そして栓を開け、ジュースを一口ゴクリと飲んだ。

何故だか俺は、思わず息を飲んだ。

「飲まないの」

女は一寸不思議そうに、俺にそう訊いた。

「……どこかで、逢ったことあったっけ」

俺は女にそう訊き返した。

女は微笑を浮かべ答えた。

「英語の授業、一緒じゃない。

それにチャペルも！」

ご承知のように英語は大学で必須の教養科目である。ミッション系の誠国大学では、同様にチャペルもまた必須科目の一つであった。

「覚えてないんだ……」

女は悪戯っぽく、少し膨れたような顔をした。

「ごめん……」

「照れなくてもいいよ」

二人は顔を見合わせて笑った。

「自己紹介、まだだったね」

「……ああ」

二人は互いに名乗り合った。

女は、金蘭栄《キムナニョン》と言った。

神学部に通う、俺と同じ一年生だった。

ソウルの江東区《カンドン》出身で、父親がそこで牧師をしているという。

兄と弟が一人ずついて、兄も同じ誠国大神学部、牧師を目指しているが、今は徴兵で軍隊にいるらしい。弟は高校生だと言っていた。

韓国の風習では、初対面で互いの家族構成を明かすことが珍しくない。

家族親族といった血縁に対する想いの強さは、一寸日本人の想像を超えている。

「ヨンウン、兄弟は」

当然の如く、ナニョンも俺にそれを訊いた。

俺は、即答することが出来なかった。

私生児だった俺には、腹違いの兄弟と、種違いの兄弟の両方がいる。

だが、一〇〇パーセント血の繋った奴は、この世に一人としていないのだ。

俺が答え倦《あぐ》ねているのを見て、ナニョンは俺が、言葉を理解出来ていないと思ったらしい。

彼女は大きなジェスチャーを交えながら、同じことをもう一度ゆっくり話し、そしてその後こう訊いた。

「……外国人、だよね」

俺は半分ばかり残っていた缶ジュースを一気に飲み干し、遠くを見詰めてこう言った。

「在日……！」

ナニョンはキョトンとしている。

「ザイニチって、なあに」

そう。彼女は「在日」の存在自体を知らなかったのである……！

俺は嚙み砕いて、「在日」の歴史についてナニョンにレクチャーしてあげた。

ヨンウン──龍雄《たつお》。ある意味において、俺にはふたつの名前があった。「本名」と通称。

朝鮮人としての民族名と、戦中の創氏改名以来「在日」のほぼ全てが持っている日本名。そして、そのふたつの名前を、生きる為の都合に合わせ、その都図使い分ける悲しさ。これこそが「在日」の悲哀でもあろう。

俺たち「在日」はふたつの名前を、持っているのではない。持たされているのだ！　国家から……権力から……そして、歴史から……

今まで堪えていたものが、堰を切り溢れ出したかのように、気がつくと俺は一生懸命、ほぼ初対面のナニョン相手に、「在日」の心情を吐露していた。

誰かに想いを、解ってもらいたかったのかも知れない……

だが、ナニョンが何処まで理解してくれたかは甚だ怪しいものだった。

「そっか！

じゃあヨンウンは、日本人でもあり、韓国人でもあるんだね！」

合点がいったという風に、ナニョンは笑顔でそう言った。

彼女のその言葉に、俺は雷に打たれるほどの衝撃を受けた！

……そんな発想があったのか！

俺にはない、否、恐らく俺だけではなく、六〇万在日同胞のほぼ全ての人間が思ってみたこともない発想だったのではあるまいか。

そしてきっと同じことを、日本人に言われたとしたら、恐らく俺はキレただろう。

普通の韓国人に言われたとしても、多分俺はそいつを軽蔑したろうと思う。

なんてオメデタイふざけた野郎だ、と。

第一俺は、知りもしないで無責任にそんな発言をするような博愛主義的偽善者が大嫌いだ。虫酸が走る。

そう言えば昔、親父が韓国人、母親が日本人の所謂「韓日ハーフ」の民族学校の後輩で、自分のことをそんな風に言い、

「韓国では韓国人、
日本では日本人」

などと表現しているのがいたが、俺はそいつを、「なんてオメデタイ苦労知らずのオボッチャマだ」、と内心軽蔑していた。

それが不思議と、ナニョンにそう言われてみると、腹が立つ……どころか、むしろ嬉しかった。受け入れられている……ように感じた。

「在日」の俺に、「日本人《チョッパリ》」や「在日《パンチョッパリ》」のレッテルを貼らず、俺を俺として、あるがままに見てくれている……そんな感じを受けたのだ。

俺は、韓国に来てはじめて、俺を受け入れてくれる人間に出逢えた気がした。

それがなにより、嬉しかった。

俺は、小さな磁石が、ヨリ強力な磁力を持つ大きな磁石に強烈に引きつけられるように、激烈に俺を惹きつけるなにかを、彼女の裡に感じていた。

恋とか、愛とかよりも、もっと根源の、俺の魂の根底に在るなにかが、彼女に共鳴しているように思われた。

——この娘を絶対に手離してはいけない！——

心の声が、そう叫んでいた。

果たしてこれが、運命というものなのだろうか……

俺たちは、時が経つのも忘れたように、夢中になって話し込んでいた。

いつの間にか、陽は沈もうとしていた。

時間《とき》よ、止まってくれ！

俺は、ずっとこのままでいたかった……

（注）以降韓国人の人名は、便宜上、初出時は漢字にルビ。二度目以降はカタカナ表記にしている。

三

「バカヤロー！」

バシン！　と大きな音を立て、助教の激烈なビンタが飛ぶ。

「スイマセンでした！」

「このガキィ！」

更に殴られる。

痛い！

……だが、痛くない。

「モリパゴォ！」

「カムサハムニダ（ありがとうございます）！」

数発の殴打の後、「モリパゴ」と呼ばれる罰を課される。

直訳すると〝頭を掘れ〟といったような意味だが、要するに両手を後ろに組み俯《うつぶ》せの状態で、首だけでブリッジする動作を指す。

その状態を、助教が止めというまで続けるのだ。何十分でも。何時間でも。

恐らくは、韓国の軍隊や体育会のほとんどのシゴキや体罰が旧日本軍からの輸入であるように、この「モリパゴ」も元来は日本起源なのであろうが、二〇〇六年現在において、俺はこれをやっている人を今まで日本で見たことがない。故に当然、日本語でなんというのかも知らない。

そんなことはどうだっていい。俺は今、この「モリパゴ」をやらされている。

韓国ではこの「モリパゴ」は、主に軍隊や体育会において最もポピュラーな体罰の一つなのである。
当たり前のことだが、痛い……！
そして、苦しい……！
だが、今の俺にはそんなモノ、痛くも痒くもないのである！
……昨日ナニョンと九時過ぎまで話し込んでいた俺は、夜の稽古をスッポカした。
俺は昨日、嬉しかった。
心の底から、嬉しかった。
心が通い合えた気がしたから。
それが本当に、嬉しかったんだ！
それを思うと、少しも苦しくない。
こんな子供騙しの〝刑罰〟如き、いくらでも喜んで受けてやる！
一向に音《ね》を上げる気配を見せない俺を、助教は訝《いぶか》しがっていた。
数日後、専攻実技の授業の後に、俺はまた例の助教に呼ばれた。
次はどんな言い掛かりをつけて来るのか……

身構えつつ俺は学科事務室へ向かった。

やはりあの後しばらく、首がおかしかった。

あんな健康を害する体罰は、スポーツマンとして絶対にやってはいけない。

そう思いつつ、俺は事務室の扉をノックした。

「失礼します！」

入室の許可を得、俺は室《へや》に入った。

「おう、ヨンウン！

元気か」

ついこないだサンザン俺を苛めておいて、よく言うぜ。

「はっ。何かご用でしょうか」

「うん。お前、今体重何キロだ」

「六〇……一・二くらいでしょうか」

「そうか！

じゃあお前、次の試合、バンタムで出るか」

「いつですか」

「来週の土日だ」

……おい！　あと一週間しかないじゃないか！

バンタム級といえばリミット五三キロである。絶対に無理だ。

「……フェザーでは駄目ですか」

「うーん、フェザーは多いんだけどな……

まっ、いいよ。

じゃあフェザーで出ろ」

「ありがとうございます！」

なにがありがとうだ、馬鹿野郎！

試合があるなら、もっと早く言ってくれ！

「初試合だな。

頑張れよ！」

助教は出前のフライドチキンを頬張りながら、無責任な感じでそう言った。

「はい、わかりました！」

「おう！

あ、一個喰うか」

助教は俺に、喰いかけのチキンの入った箱を示した。

「いや、減量があるんで……

失礼します！」

俺は一礼して、室を出た。

フザケルナ！

試合は一週間後、フェザー級といっても五七キロ、一週間で五キロも落とさなくてはならないんだ！

韓国人のいい加減さを痛感させられた瞬間であった。

そんな訳で、なんともテキトーな調子で俺の合気道《ハプキドー》初試合は決まった。

しかも後から聞くには公式戦だというではないか。

オイオイ、一寸待て……

調整も、合気道《ハプキドー》の規則《ルール》に合わせた練習も、未だなにひとつ準備など出来ていない。

こんなことで大丈夫なのだろうか。

……だが、たとえ一試合だけだったにしても、プロのリングにまで上がった俺だ。

それも白星で、見事なＫＯ勝ちでそれを飾ったんだ。
大学の、アマチュアの試合如きでガタガタ騒ぐこともない。
横綱相撲だ、
受けて立ってやる！
そのくらいの自信が、
俺には在った……

四

それから急ピッチで、俺は試合に向けた調整を開始した。
最も苦労したのは、なんといっても減量だった。

一週間で五キロ。普通の感覚では不可能である。

だが、単純に計算すると、最後の二日は調整に充てるとして、一日一キロ落とせば間に合う。やってやれないことはない。

冬物の寝間着の上にサウナスーツを着込み、一日二〇キロを走る。その後、道場でのトレーニング。ミット蹴り。ライトスパー。

食事は軽めに一日二食。夜は、なにも喰わない。

実はこの稽古後の空腹が一番堪えたのだが、若さとガッツ、そして闘魂でナントカ耐え抜いた。

試合を二日後に控えた木曜の夜、恐る恐る、俺は体重計に乗った。試合が決まったその日から、日課として朝晩乗っているのだが、それでもやっぱり乗るときは恐い。

決心し、俺は下を向いた。表示されている数字に眼をやる……

〝五七・九〟……やった！

順調だ。

思わず俺は、小さくガッツポーズした。

靄《もや》が晴れたように、心がウキウキして来るのを感じた。

俺は、明日が待ち遠しくて仕方がなかった。

勿論、試合は明後日なのだが……白状しよう。

俺には明日、試合よりずっと、大事な約束があったのである！

誰と。ナニョンと。


あのとき意気投合した俺たちは、どちらからともなく次に逢う約束を取りつけた。

ソウル出身のナニョンは、週末ごとに実家に帰っていた。

彼女に限らず、日本と比べ〝家〟との結びつきが格段に強い韓国では、地方大学で寮生活を送る学生たちのほとんどが、実家がソウルや近郊の首都圏にある場合、週末ごとに実家に帰る。

もっとも、天安と同じような地方から出て来た田舎学生たちはあまり帰りたがらないところを見ると、ソウル出身者がやたらと家に帰りたがるのには、〝家〟以外にも大きな理由があるようにも思えるのであるが。

兎に角そんな訳で、金曜日、敢えて授業を入れないナニョンは今日、里帰りの為、この市《まち》の中心地にして唯一の繁華街でもある、バスターミナルへと向かうのである。

そこで俺たちは一緒にターミナルまで出ることにした。

ナニョンと俺は、互いに少し離れた処に位置する男女寄宿舎の、ちょうど中間辺りにある学内の売店で待ち合わせることにしていた。

携帯電話を持っていない俺は、約束の時間より三〇分も早く待ち合わせ場所に来て、そわそわした気持ちを持て余しながら、彼女が来るのを待っていた。

バス乗り場の方へ眼をやると大勢の学生たちが長い列を作り、ターミナル行きのバスが来るのを待っているのが認められた。

長蛇の列をなしながらも、彼らの多くはどこかウキウキと楽し気な様子であった。

約束の時間が十分ばかり過ぎた頃、ナニョンが遠くの方から俺に手を振りつつこっちへ向かって来るのが見えた。思っていたよりも、荷物は少なかった。

二人はバス乗り場の列に並んだ。

バスを待ちながら、俺たちは旧情を温めるかのように、他愛ない話を夢中になってした。

まだ知り合って一週間ばかりなのに、何故だか俺には、ナニョンが凄く懐かしく感じられた。

やがてバスが来た。俺たちはバスに乗り込んだ。

バスはすぐに満員になった。

市《まち》の中心地で、俺たちは今年天安に出来たばかりのミスターピザに入ってみた。日本ではファミレスなど珍しくもなんともなかったが、天安では大変なもののように思われた。

そこで一緒に飯を喰った。

当日計量の明日の試合の為、俺はサラダバーしか喰えなかったが、彼女が食べている姿を見ているだけで、俺はなんだか安らぎのような気分を感じた。

それから喫茶店でお茶を飲み、バスターミナルに行って、ナニョンはソウル行きの高速バスの切符を買った。

バスが出るまでに、一時間ほどの時間があった。

ターミナルのすぐ裏手に、天安川《チョナン》という細い小川が流れていた。川の畔に沿って、舗装された小綺麗な散歩道が誂《あつら》えられていた。

俺たちはそこを歩いてみることにした。

やさしい春の夕日に映えて、川面が一瞬煌《きら》めいて見えた。

小さく聴こえるせせらぎの音が、とても心地よく感じられた。

ナニョンと肩を並べて歩きながら、俺には、今こうして彼女と二人でいることが、何処か遠い世界のことのように、なにか不思議な世界のことのように感じられた。

穏やかな春風に乗って、彼女の髪の甘い香りが、俺の鼻から脳髄へ、そして心へと沁み入った。

俺は、ナニョンのことを、もっと深く知りたいと思った。

俺がなにかを言うより先に、ナニョンは俺にそう訊いた。

「ヨンウン、夢は」

またしても俺は、答えることが出来なかった。

夢。今までそんなもの、考えたこともなかった。俺には縁のないものだと思っていた。

そんなことよりも、俺は今を生き抜くことで精一杯だった。今を、死なないように。殺されてしまわないように。

逆にナニョンは、夢を持って生きているのだろうか。

果たしてこの世に、そんな人間がいるのだろうか。

「どうかな。

俺には一寸わかんないな。

……ナニョンは夢があるの」

「わたしもわかんない。

前はあったけど、今はわかんない……」

ナニョンは少し寂し気に眼を伏せた。

「前は……」

「本当は歌手になりたかったんだ。

これでも真剣に目指してて、教会で大きなイベントとかやると、いつも皆の前で歌ってた。

一万人の前で歌ったこともあるんだよ！」

彼女の言っていることは本当だろう。

全人口の約二〇パーセントがキリスト教徒の韓国では、一万人規模の全国イベントが各宗派ごとに定期的に開催されている。

「一万人は凄いな」

「うん、それでね、実は一度オーディションにも受かったことあるんだよね、一寸有名な芸能事務所の！

そこでデビューできるって話だったんだけど……アッパ（パパ）が絶対駄目だって……」

「そっか……」

「……神学部に行って、宣教師になりなさいって。

悲しい人たちの、友となる人になりなさいって」

そう言ったとき、ナニョンは一寸残念そうな、しかしとても穏やかな、やさしい眼をしていた。

「……そうなんだね。

ナニョンは、神っていると思う」

俺は彼女を迷信から救ってやろうと思い、一寸意地悪だとは思ったが敢えてそう訊いてみた。

「いるよ！

神様はみんなの心の中に。

ヨンウンの心の中にも、神様はちゃんといらっしゃるよ！」

ナニョンは確信を持ってそう答えた。

そのとき、彼女の微笑の裡に慈愛の光輝が満ちているのを、俺は認めない訳にはいかなかった。

俺は、彼女を正視することが出来なかった。

ナニョンには大変申し訳ないが、俺は宗教が嫌いだ。神も仏も大嫌いだ！

俺はあらゆるイデオロギーを疑っている。

キリストもマルクスも、釈迦も達磨も糞喰らえだ！

他人の作った思想に、ましてや非科学的な迷信なんかに、俺は自己を規定されて生きたくはない。

他人の褌《ふんどし》で相撲は取りたくない。

他人の描いた地図に頼って、人生の航海などしたくないんだ！

故に俺は、神なんてものは信じない。

……だが、ナニョンといると、今まで経験したことのない、やさしい気持ちになるのは何故だろう。

ずっと古くからの親友のように、深く心が通い合うのを、感じてしまうのは何故だろう。

彼女の笑《え》まいに、その瞳に、心を見透かされたような、すべてを赦《ゆる》されたような、そんな気持ちになってしまうのは、一体何故なんだろう……

不覚にも、もしもナニョンが神様ならば、俺も彼女を信じてみたい……そんな思いを、俺は抱いてしまっていた。

ナニョンは不思議そうに俺を見ていた。

最後に俺は、彼女にこんな質問をした。

「どうして俺と、仲良くなろうと思ったの」

ナニョンは俺に、まるで姉のような、やさしい眼差しでこう言った。

「自分自身を、見ているみたいだったから……」

それが彼女の答えだった。

バスの時間が迫って来ていた。

俺達は急いでバスターミナルに戻り、ナニョンは、既に来ていたバスに乗り込んだ。

別れを惜しむ間もなく、バスは直ぐに発車してしまった。

俺はバスが見えなくなるまで、ずっとナニョンを見送っていた。

彼女の最後の言葉の意味を、いつまでも、俺は嚙み締めていた……

五

翌、試合当日。

夜明け前に道場に集合した俺たちは、そのまま直ぐに遠征用のマイクロバスに乗り込んだ。

試合会場が何処か、聴いた気もしたが、すぐに忘れてしまった。

どうでもいい。何処でやろうと同じことだ。

バスに三時間ほど揺られた。

いつの間にか陽は昇り、着いた頃には空は明るくなっていた。

バスのデジタル時計は、七時二十分を示していた。

俺たちはバスを降り、いかにも安そうなパンと牛乳を配られた。

それをその場で喰う者もいたが、多くは計量を控えている為、カバンに仕舞い込んでいた。俺もやはり、計量の後で喰うことにした。


無事、計量を通過した。

さっき貰ったパンを牛乳で流し込み、すぐに着替えてウォーミングアップを開始する。

ミットを打ち込み、身体を温める。

気合充分！


トーナメント表を確認する。

やはりフェザー級は出場者が多い。

それだけ層も厚いということだろう。

上等だ。

どんな奴でも相手になってやる。

優勝するには、五回勝ち抜けばいいらしい。
たったの五回……！
だがそれにしても、待ち時間が長い……

遂に俺の出番が来た！
待ちに待った、俺の〝時間〟が。
俺は、試合場の、青い畳の上に立つ。
少し離れて、敵は俺に対峙している。
主審の合図で、両者中央へ。
「正面に礼！
……
互いに礼！
……」
眼と眼が合う。
火花が散る。

「準備《ジュンビ》…

始作《シジャク》（始め）！」

開始と同時に、敵はその場で小刻みに飛び跳ねる。俺の出方を窺おうという訳か。

俺は構わず距離を詰め……

バシン！という大きな音と共に、俺の体に衝撃が走った。

主審の鋭いホイッスルの音に合わせ、副審の旗が上がる。

敵は澄ました顔をしていやがる。

生意気な野郎だ。

俺は、積極策に出ることにした。

敵がどんなステップを踏もうが相手にせず、俺は自分の間合いで闘う。

揺さぶり……隙を作り……ここだ！

いない……

バシン！

またしても副審の旗が上がる。

敵は俺の蹴りをステップで捌きつつ、同時に蹴りを合わせていた……！

開始早々、俺は二点を先取されてしまった。

アマチュアの試合時間は短い。

二分二R《ラウンド》のポイント制。そいつで全てが決まってしまう。

俺は焦りを感じ始めていた。


「残り三十秒！」

敵味方、どちらの陣営からも声が飛ぶ。

その後、一点も返せず、四対〇と俺は明らかな劣勢であった。

こうなっては勝機はただ一つ……

イチがバチか、一撃必殺のＫＯにしかない！

だが、合気道《ハプキドー》の規則《ルール》では顔面への攻撃は禁止されていた。

束手無策。最早打つ手なしか……

気ばかり焦り、迅速な敵のステップを捉えられぬまま、試合終了を告げる笛の音は鳴り響いた……

敵は、相変わらずの澄まし顔を決め込んでいやがった……

負けた……！

勝負に負けた……！

なにも出来ずに負けた……！

敗北は、死だ。

口惜しさが、こみ上げて来た。

帰りのバスの中、俺は一言も口を利けず、

ただ茫然と窓の外を眺めていた……

しとしとと雨が降り出した。

試合会場が一体何処にあったのか、最後までそれは解らずじまいだった。

六

後で知ったことだが、敵は跆拳道《テコンドー》の元高校王者《チャンピオン》だった。

あの小生意気な態度はいけ好かなかったが、速度《スピード》・技術《テクニック》共に、敵が俺を凌駕していたことは、口惜しいが認めざるを得ない。

少なくとも、この合気道《ハプキドー》の規則《ルール》においては。

屈辱の初戦敗退から一夜明け、俺は冷静に敗因を分析してみた。

一言でいって、それは油断に在った。

俺は、合気道《ハプキドー》をナメていた。

特に、合気道のおよそ七割の要素を占める、跆拳道《テコンドー》の猿がチョコマカと飛び跳ねるようなあの落ち着きのないステップを、俺は軽蔑していた。

しかし、敗者に一体何の弁が在るだろうか。

喧嘩だったら負けなかった……

あんな当てて逃げるスピードだけのヘナチョコ蹴りなど、一発たりとも効いてはいない！

だが、そんな言い訳は通用しない。空虚だ。

一撃必殺の熊の一手も、当たらなければ意味がない。

現に当たらなかったではないか……！

強くなりたい。

もっと強くなりたい。

今いるところに安住し、低いところに満足してはいけない。慢心してはいけない！

貪欲になんでも吸収しよう。

……蝶のように舞い、蜂のように刺す！

跆拳道《テコンドー》を学んでみよう。

空手の一撃必殺に、跆拳道の速度《スピード》が加われば鬼に金棒だ！

合気道の為ばかりじゃない、またいつか、プロのリングに上がるときにも、そして何より、永い俺の武道人生において、これは絶対に俺を助けてくれるはずだ。

その日の夕方、俺は決心し道場へ向かった。試合の翌日ということで全体練習はなく、その日は休養日に充てられていた。

珍しく、自由が与えられた日であった。

文字通り、休養に充て、疲れを癒す者もあった。ここぞとばかりに呑み倒し、遊び呆ける奴もいた。

だがあの男は、きっと道場に出ている筈だ……！

四二〇畳もの広い道場には、数人ほどしかいなかった。

やはりこんな時にまで自主的に稽古に出て来る奴は、よほど殊勝な人間か、さもなくば超がつくほどの武道バカに相違ない。

或いはその両方だろうか。

……いた！

あの男はやはりいた。

黙々と、独りシャドーをやっていた。

奴は俺が同期の中で唯一、注目している男だった。名を、朴清満《パクチョンマン》といった。

一六五センチに満たない、小柄な男である。

刈り上げ頭に眼鏡を掛け、私服はいつも地味だった。一見すると武道人とは思えない。

そしていつも礼儀正しく、酒も煙草も一切やらない。

粗暴蛮勇を俠気と履き違えている者の多い武道の世界において、こんな男は珍しかった。

だが、俺が奴に関心を寄せているのは、当然そんなところではない。奴のその実力である。

チョンマンは群を抜いて上手かった。

跆拳道専攻の彼は昨日の試合にも——別競技の合気道であるにも拘らず——足技だけで、鮮やかに優勝を飾っていた。

それでいて、傲《おご》るような素振りはまったく見せない。

昨日まで跆拳道を軽蔑していた俺も、入学以来、チョンマンにだけは一目置いていた。

そして今日、意を決し俺は彼から跆拳道を学ぼうと、道場《ここ》に来たのである。

「チョンマン……！」
唐突だとは思ったが、合間《あいま》を見て俺は彼に声を掛けた。
Kとの決闘以来、つまりは入学式以来、はじめて俺は同期とまともに口を利いた。
「おおヨンウン、どうした」
チョンマンは至って自然に、俺の呼び掛けに応えた。
「……すまん！
俺に跆拳道を教えてくれ！」
単刀直入に、俺は彼にそう言った。
「跆拳道かぁ。
いいな。一緒に稽古するか！」
拍子抜けするほどすんなりと、チョンマンは俺の頼みに応じてくれた。
奴は、俺が恐くないのだろうか。
俺が煙たくないのだろうか。
そして、俺の拙い在日訛りの朝鮮語が、耳障りではないのだろうか……
もっともチョンマン自身、慶尚道《キョンサンド》の田舎から出て来たらしく、かなりド強《ぎつ》い方言話者であったのであるが。

七

春が過ぎ、夏が来た。

長いようで短かった大学生活最初の一学期も、あと一週間で終わろうとしていた。

あとは期末試験を残すばかりだった。

俺は、チョンマンとの跆拳道修行に夢中になっていた。

跆拳道を習得していくにつれて俺は、日々自分の躰が軽くなっていくような、まるで背中に翼が生えたような爽快さを、組手のたびごとに感じていた。

合気道《ハプキドー》規則《ルール》で試合をしても、今や同期の誰にも引けを取らなかった。

自己の成長を眼に見えて感じることが出来、俺は嬉しかった。

そしてなにより、友を得たことが嬉しかった。

十八年間の俺の長く短い人生において、心から友と呼べる男に出逢ったのは、チョンマンがはじめてかも知れなかった。

チョンマンとの特訓を続けていくうち、他の同期の連中の俺に対する態度にも、少しずつ変化が現れて来た。

俺の連中に対する見方も、少しずつだが変わって行った。

俺の韓国生活も、ほんの少しずつではあるが、充実したものになって来ているのを感じていた。

もっとも、何にも増して俺の心を満たし、そして癒してくれたのは、他でもないナニョンの存在であることは、言うまでもないことであった。

ナニョンとは、その後もたびたび逢うようになっていた。

彼女と逢うたびに俺の心は、なにか清らかなものに触れたように、純化されていくのを感じていた。

彼女は、救い難い俺の人生の、鬱屈した心の闇を照らす太陽だった。

……話をチョンマンに戻そう。

期末試験といっても、試験科目のほとんどが実技の俺たち武道学科生にとって、試験期間も日常とさほど変わりはなかった。

今日も俺はチョンマンとの特訓に明け暮れた。

いつものように、稽古後、腹を空かせた俺たちは、なけなしの金を出し合って買った古い原付オートバイを二ケツで十分ほど走らせ、食堂とも一杯呑み屋ともつかぬ古く汚い昔ながらのいつもの店で、遅い晩飯を取っていた。

チョンマンが酒を呑まないことは前に言った。俺も日常的な飲酒習慣がある訳ではなかったが、呑んで呑めないことはなかった。

チョンマンが酔うとどうなるのか、前々から一寸興味のあった俺は、面白半分、執拗《しっこ》く奴に飲酒を勧めてみた。

最初、チョンマンは頑なにそれを拒んでいたが……

「バカヤロー！

男一匹、酒の一升も呑めねぇで何が男だ、何が武道家だ！」

酔った勢いの軽率な俺のこの一言が、彼の心の奥に宿る、男の自尊心に火を点けた。

「よぉし！　じゃあ今日は、俺が男であることを見せてやる！」

威勢のいい啖呵を切るや否や、チョンマンはボトルに半分ばかり残っていた、眞露《ジンロ》の安焼酎を一気呵成に呑み干した！

俺が呆気に取られる間に、彼はすぐさま二本目を頼み、流石にイッキとはいかなかったが、凄まじいペースでそれを一人で空けてしまった！

奴の眼は据《すわ》っていた……

……俺は、唆《そそのか》したことを一寸後悔した。

だが、それは一寸では済まなかった。

それから延々三時間、俺はチョンマンに絡まれた。

奴の話は熱い！

そして長い……

終わったかと思えばまた元の話に戻り、執拗《しつこ》く俺にも意見を求めてくる。

そして俺を説得して掛かろうとする。

しまいには店内で気炎を吐き、大声で喚き、歌う。

遂に……というか、案の定……というか、俺たちは叩き出されるようにして、店を追い出されてしまった……

俺は酔いつぶれたチョンマンを介抱し、寄宿舎まで連れて帰らねばならない。

こんなド田舎、タクシーなんて走ってる訳がない。俺は一体どうすればいいんだ……！

途方に暮れる俺の傍で、チョンマンは気持ちよさそうに眠っていた……

コノヤロウ！

俺はチョンマンを揺り起こす。

否、叩き起す。

やっと起きてくれた、と思ったら今度はまた俺に絡み出した……

そして奴は、半睡半覚のような状態で、訊きもしないのに自己の青年らしい夢や抱負を、演説調の大声で喚き出した……

……一通り演説をブった後、奴は微かな声で、しかしハッキリとした口調でこう言った。

「……俺の師匠は。

誰よりも強かった俺の師匠は……

かわいそうに……
道場を騙し取られてしまったんだ……
師匠を男にする為、
もう一度返り咲かせる為に……
俺が道場を再建してみせる。
どんな事があっても、
俺は最後まで闘うんだ……！
それが男としての、
俺の……
それが男の生き様よ！」
チョンマンの目尻には光るものが覗かれた。
俺は、奴の真実を見た気がした。
奴の真情に触れた気がした。
奴が「男」という言葉に、過剰なまでの反応を示した理由《わけ》が、少し解った気がした。
俺はここまで男について、武道について考えて見たことが、果たしてあっただろうか。

俺は、奴の前に、少し恥ずかしい自分がいるのに気がついた。

店も閉まり、全ての灯りのなくなった山中で、思わず俺は空を仰いだ。

闇夜を照らす白銀の月が、何故だかとても親しいもののように感じられた。

八

夏の間じゅう学校に残り、俺は稽古に明け暮れた。

全学生のほとんどが帰省してしまった夏休みのキャンパスは、田舎の無人駅のようにがらんとしていた。

日中の強い日差しでさえ、何処か心地よく感じられる日もあった。

湿気が少ない分、暑くてもカラッとしていて、夏は日本より過ごしやすかった。

チョンマンとは、彼が慶尚南道《キョンサンナムド》の山村・陜川《ハプチョン》の実家に帰省していた一週間を除いては、いつも一緒だった。

文字通り寝食を共にしながら、俺たちは修練に励んでいた。

日々是新たな武道三昧の充実の裡に、俺は約二カ月の暑く熱い夏休みを、脇目も振らず駆け抜けた！

俺は、次の試合が待ち遠しかった。


九月になった。

新学期が始まった。

皆が帰省先から帰って来たキャンパスは、賑わいを取り戻していた。

だが、夏休み前に、それでも七〇人余り残っていた同期のうち、半数ほどは帰って来なかった。

夏の終わりの早い韓国では、八月下旬頃を境に急に涼しくなる。

朝晩はもう、半袖では寒いくらいだった。

二学期が始まって最初の週末、一寸した親善試合があった。同じ忠清道《チュンチョンド》内の大学四校の武道学科が、忠清北道《チュンチョンプット》の道庁所在地・清州《チョンジュ》市に集まった。

一泊二日の日程で行われたその大会で、なんと俺は優勝を遂げた。合気道《ハプキドー》の試合としては、俺にとっての初勝利、そして初優勝だった。

表彰式では、ハリボテのような俄《にわか》作りの表彰台の中央に立たされ、連盟のお偉いさんらしき小太りの爺さんから、安物の金メダルを首に掛けられた。

アルミに薄いメッキを施しただけの安メダルはびっくりするほど軽かったが、俺の胸にはびっしりと達成感が詰まっていた。

夏休み前から数えて約百日の、あのチョンマンとの特訓の成果が今こうして形となって現れて、俺は本当に嬉しかった。

大会が終わり、またバスに乗り学校へと帰り着き、解散となった。

予想通り、跆拳道《テコンドー》の部で、他を寄せつけない圧倒的な強さで見事優勝を遂げていたチョンマンと二人、俺たちは意気揚々と例のあの店へオートバイを走らせた。

店の女主人《ババア》はチョンマンを認めると露骨に嫌な顔をしたが、俺たちは何喰わぬ顔を決め込んだ。

チョンマンは本当に何気ない様子であったから、或いは二カ月前の自己の奇行醜態を、本当に忘れてしまっているのかも知れない。

それでも鮮明に覚えている俺は、「どんなことがあっても絶対に奴に酒を与えてはいかん！」と固く心に誓い、二人でコーラで乾杯した。

男が二人で、コーラで乾杯……

それでも俺は、その夜とても幸福《しあわせ》だった。

遠くで梟が鳴いていた。

九

韓国では九月下旬から十月初旬にかけて、秋夕《チュソク》と呼ばれる大型連休に入る。

日本の旧盆に当たるこの期間、多くの者はやはり日本の盆休みのように帰省する。

つまり、長い夏休みが終わりしばらくすると、大学はまた一〇日ばかりの休みに入り、俺たちのような留学生を除くほとんど全ての学生は（勿論、教師たちも）、また実家に帰るのである。

そして帰省先の本家で祖先を祀る祭祀《チェサ》を執り行うのであるが、これは全くの余談である。

……その秋夕の始まる前に、なんとしてもナニョンに伝えておきたいことが、俺には在った。

はじめて出逢ったあの場所――あのキャンパスの青い芝生に、俺はナニョンを呼び出した。

春、桜の咲き誇っていたキャンパスは、銀杏並木に美しく色づいていた。

雲ひとつない空は何処までも高く、そして何処までも青かった。

俺はナニョンが来るのを待っていた。

さっき自販機で買ったばかりの、熱い缶珈琲を手に、高鳴る胸の鼓動を抑えながら……


やがて、ナニョンが来た。

簡単な挨拶を交わし、彼女は俺の傍に座った。俺の態度は、ぎこちなかったろうと思う。

ナニョンは少し不思議そうに俺を見ていた。

「どうしたの」

それには答えず、俺はナニョンに缶珈琲を差し出した。

そしてもう一本の栓を開け、半分ばかりを一気に飲んだ。

俺は遠くを、見るともなく見詰めながらこう言った。

「……俺たち、最初に出逢ったのもここだね」

ナニョンはキョトンとしている。

構わず、俺は続けた。

「秋夕、やっぱり家《うち》に帰るの」

「うん、明日帰るよ。

なんで」

何故と訊かれ、俺は答えない訳にはいかなかった。

「秋夕の前に、どうしても話しておきたいことがあって……」

彼女は合点がいったような、いかないような顔をしている。

察してくれ……！

俺はそう願っていた。

しばらく、二人のあいだに沈黙が続く。

「なにかあったの」

ナニョンは、俺の顔を覗き込むようにしてそう訊いた。

俺は、息を飲み込んだ……

決心しなければ！

俺は自分に言い聴かせていた。
張り裂けんばかりの胸の鼓動が、ナニョンにまで聴こえるかと思われた。
……意を決し、俺は勇気を振り絞った！
「……好きだ！」
天に向かって叫ぶような想いだった。
精一杯の心を、俺はナニョンにぶつけた。
たった三文字の言の葉が、風に乗り、彼女の心に届くだろうか……
祈るような想いを込めて、俺はナニョンの眼を見詰める。
俺はナニョンの心を探す。
何処までも澄んだ瞳の奥に……
まるで時間が止まったような、永遠と刹那の一致の裡に！
……やがて、ナニョンの唇が動いた。
「……ありがとう。
ヨンウンのこと、そんな眼で見たことなかったけど……」
ナニョンはやさしい眼をしていた。

俺は眼で、彼女の言葉の続きを追った。

「ううん。

気持ちはすっごく嬉しいよ！」

俺の心に晴れ間が拡がる。

「じゃあ……」

しかしナニョンの心は、少し曇っているように見えた。

「ごめん……」

たった三文字のその言葉、俺の心に雨が降る。

俺は、なんと言えばいいのか解らなかった……

だが、なにか言わなくてはいけない……！

「……ただの、友達」

「……うん」

「そっか……」

俺は眼に涙が浮かんで来るのを感じた。

ナニョンは少し申し訳なさそうな表情を浮かべ、心配そうに俺を見ていた。

俺は、必死に涙を堪《こら》えていた。

……いけない！

女の前で泣いてはいけない……！

そう思えば思うほど、止め処《ど》なく、涙が溢れて来るように思われた。

……ふと、頬に柔らかな温もりを感じた。

ナニョンの小さな温かい掌《て》が、俺の涙を拭いてくれていた。

心が溶けてしまいそうになった。

俺は、ナニョンの掌をそっと握った。

「はじめてヨンウンに逢ったとき……」

ナニョンの声に、俺は顔を上げた。

「はじめてヨンウンを見掛けたとき、ヨンウンはいつも独りぼっちだった……

ヨンウンはいつも寂しそうだった……

わたし、そんなヨンウンを放っておけなかった……！

ううん……

同情とか、そういうことじゃないの。

まるで……わたし自身を、
見ているみたいだったから。
わたしの周りには、たくさん人がいたけど……
でもわたしには、誰もいなかった！
子どもの頃から、わたしにはたくさん友達がいて、
みんなの中で生きていたけど……
やっぱりわたしも、独りぼっちだった……
寂しかったの……
心で話を出来るような、
そんな関係って、
やっぱり何処にもなかったから。
だからヨンウンと出逢ったとき、
この子はわたしだ……！って、
そう感じたの。
ヨンウンと話をしていると、

心が通い合えた気がして、
凄く嬉しかった！
まるで磁石に、惹きつけられるみたいに……
だからヨンウンとは、
いつまでも、
このままで、
ずっと友達でいたいし……
……ヨンウンの気持ちに、
応えてあげられなくてごめんね。
でもヨンウンは、
いつまでもずっと、
わたしの大切な友達だよ！」
笑顔でそう言ったナニョンの頬から、熱い涙が流れ落ちた。
何故だか解らず俺も泣いていた。
そのとき世界には、俺とナニョンの、二人だけしかいなかった！

俺たち二人に、きっと言葉はいらなかった。

心さえあれば、通い合い、語り合うことが出来た。

見詰め合う……ただそれだけで充分だった。

……いつしかナニョンは、俺の肩に頭を預けていた。

二人は、同じなにかを見詰めていた……

「……さっきの話なんだけどさ」

「うん……」

「……やっぱり、駄目か」

俺の心は再び高鳴りつつあった。

ナニョンは答え倦《あぐ》ねていた。

胸の高鳴りを抑えつつ、俺はやさしくナニョンに言った。

「俺、頑張るよ……

真剣なんだ！

絶対に……！

お前だけを愛し、しあわせにする。

神様に……誓うよ。
だから……」
俺はナニョンに眼をやった。
ナニョンは……なにか言い辛そうな様子で、静かに眼を伏せていた。
俺はナニョンを覗き込み、静かに訊いた。
「……なにか、理由《わけ》があるのか」
ナニョンは申し訳なさそうに俺の顔を見た。
そして伏し目勝ちにこう言った。
「……実はヨンウンのこと、オンマ（ママ）に話したことがあるんだ。
そしたら、オンマが……」
……悲しいことに、俺は全てを了解してしまった。
「……そうか」
俺は力なく、たった一言そう呟いた。
ナニョンはすまなさそうな眼で俺を見ていた。

在日……在日……在日……！

いつもそうだ。

なんでもないときはニコニコしていても、人生の重大な局面において、いつもそれがネックになる。

就職……結婚……！

日本においてはいつの間にか、それが暗黙の了解のようになっているが、まさかというか、やはりというか、「祖国」においても同様なのか……

同じ民族、同じ「同胞」のはずなのに……！

もしかすると俺の勘繰り過ぎなのかも知れないが、もう慣れっ子になってしまったいつもの習慣、そしてナニョンの表情や、彼女の声のトーンから、俺はほとんど確信的に、そう感じ取ってしまっていた。

自分でも悲しい性《さが》だとは思うが、或いはそれが、〝亡国の民〟「在日」の悲哀なのかも知れない。

だが、それにしても、「世界平和」や「人類愛」を謳っているはずの敬虔なクリスチャン——牧師の家庭においてさえ……！

こんなことを思いたくはないし、思ってはいけないことなのだが、俺には、ナニョンの家族が、呪わしくさえ思えて来た。

俺には、「在日」というものが、果てしない荒野を彷徨《さまよ》う流浪の民のように思えて来た。

涙も、出なかった。

自分の力ではどうしようもない問題。

泣いてみたって、一体何になるというんだ……！

……でもきっと、俺とのことを真剣に考えていてくれればこそ、ナニョンはオモニ（母）に俺のことを話してくれたんだろうし、言い辛いことも、勇気を出して言ってくれたんだろう。

少しでも自分を励まそうと、俺は無理にもこの問題《こと》を、プラスに考えようと努めていた……

「……オンマも、アッパ（パパ）も、いつか絶対にヨンウンの良さを、解ってくれると思うから……！」

すまなさそうな眼で、黙って俺を見ていたナニョンが、思い切ったようにそう切り出した。

「日本人とか、在日とか、そんなことじゃなくて、ヨンウン自身を、見て判断してくれると思うから……

だから、少しだけ待って！

親に隠れて付き合うような、そんなことはしたくないの。

だから……

もしも本気で、本気で私のことを好きでいてくれるなら……」

そう言ったナニョンの瞳の奥に、俺は力強いなにかを、一条の光のようなものを見た気がした。

彼女の口許には決心のようなものが宿っていた。

俺は、胸が熱くなるのを感じずにはいられなかった。

「……ありがとう。

俺、頑張るからな！

絶対に、ナニョンのオンマ、アッパに認めて貰えるような、韓国一の武道家になるからな！

応援、してくれる……」

「勿論だよ！

ヨンウンは韓国一どころか、世界一の武道家になるんだよ！」

ナニョンは俺の手を取ってそう言った。

「ありがとう……

本当にありがとう……！」

俺はナニョンを抱き寄せた。

「学期末に、全国大会があるんだ。

試合、見に来てくれる？」

俺はナニョンの眼を見てそう訊いた。

「勿論行くよ！」

ナニョンは眼を輝かしてそう答えた。

二人は見詰め合っていた。

「……キス、してもいいか」

「……うん」

二人は、涙で一寸塩っぱくなった互いの唇を近づけた。

やがて唇が触れ合った。

俺の脳裡に稲妻が走った。

俺はナニョンの唾液を味わった。

それはまるで、天国の蜜のような味だった……

一瞬、天使の秘宝に触れた気がした。

僅《わず》かに、ナニョンの舌に、俺の舌先が触れたのだった……!

星たちが、月が、御使《みつか》いたちが、俺たち二人の愛の門出を、祝福してくれているのだろうか。

澄み渡る満天の星空を、純愛という名の流星が駆ける。

これこそ俺の、初恋であった。

これこそ俺の、ファースト・キッスであった。

十

それからの俺は、以前にも増して、毎日を必死に打ち込んだ。

日々を夢中に駆け抜けた。

ナニョンが俺を見ていてくれる——ただそれだけで、俺はなにも恐くなかった。

一日も早く、ナニョンの両親に認められる男に——一人前の男に、否、男の中の男になるんだ！

そんな想いが、俺の決意を日々新たなるものにしていた。

秋が深くなるにつれて、二人の愛も、より深いものになっていった。

それに比例するかのように、武道でも、着実に腕を上げて行くのが自分でも感じられた。

チョンマンとの特訓は変わらず続けられ、いつしか次第に、同期の他の連中も時々参加するようになっていた。

俺は順調だった。

ナニョンが俺を、それでも受け入れてくれたこと。チョンマンとの友情や、少しずつ芽生えはじめて来た、同期たちとの信頼関係。

少しずつではあるが、俺も韓国に溶け込みつつあるように思えた。

韓国人に、なれそうな勇気さえ、感じられた。

韓国に来て、否、「祖国」に帰って来てよかった……心からそう感じられる日もあった。


美しかった銀杏並木も葉を落とし、鮮やかだった紅葉《もみじ》も散った。

吹き荒ぶ木枯しが、冬の訪れを伝えていた。

二学期も、残すところあと一カ月を切っていた。

もうすぐ、大学生活最初の一年が終わろうとしている。

全国大会を一週間後に控えた金曜日——もっとも全国大会といっても、競技人口の少ない大学合気道《ハプキドー》、ましてや国土の狭い韓国において、地区の予選などは存在しないのであるが――、いつものように俺はナニョンをターミナルまで見送るため、二人で市《まち》に繰り出していた。

市はクリスマス一色に染まっていた。

店々から流れ出る流行歌《はやりうた》も、何処となく哀愁を帯びた旋律で響いていた。

俺たちはバス停近くのドーナツショップの客となり、珈琲などを飲みながら、バスが来るまでのわずかな時間《とき》を惜しんでいた。

楽しい時間《とき》は瞬く間に過ぎ、ナニョンをバスに乗せるため、俺たちは店を出ることにした。

零下六度の寒風に、白い粉雪が舞っていた。

「初雪かな」

少しはしゃいだナニョンの微笑が、俺には堪らなく眩しかった。

「気をつけろよ、風邪引くぞ」

俺は彼氏ぶってそう言いながら、緩く巻かれていたナニョンのマフラーを巻き直してやった。

「ヨンウンもね。
帰って来るまで、ちゃんといい子にしてるんだよ」
ナニョンはそう言って、雪を払いつつ俺の頭を撫でた。
二人は顔を見合わせて笑った。
それから二人は、目と鼻の先にあるバスターミナルへ向かった。

バスが来るまでに、五分ばかりの時間があった。
一本の熱い缶珈琲を二人で分け合った。
缶珈琲がこんなに旨いと思ったことは、これまでの人生に一度もなかった。
寒かったから、だけの理由ではきっとないだろう。
雪は積もりそうな本降りになって来ていた。
吐く息も白くなっていた。
甘く清らかなナニョンの吐息を感じ、俺はただそれだけで嬉しかった。
……やがて、バスが来た。
二人は別れを惜しみつつ、ナニョンはバスに乗り込んだ。

車窓越しに、二人は見詰め合い、微笑み合い、手を振り合っていた。
力強いエンジンの振動と共に、ガソリンの臭いが立ち籠めた。
ゆっくりと、バスは動き出した。
精一杯、俺たちは手を振り合った。
ナニョンを乗せたバスは、雪の中を一路ソウルへと走り去って行った……
俺は、バスが見えなくなるまで、ずっとナニョンを見送っていた。
外は白い雪の夜だった。

十一

帰路、クリスマスムードに浮かれる天安《チョナン》の市《まち》を、俺は少し歩いてみようと思った。

恋人たちや家族連れ、幸福《しあわせ》そうに過ぎゆく名も知らぬ人々が、今の俺には何故だか愛しくさえ感じられた。

それは、はじめて俺の中に芽生えた感情だった。

今の俺の幸福を、誰かに分けてやりたい、そんな気持ちさえ感じていた。

ターミナルから大通りを渡り、市一番の、一寸した繁華街に入ってみた。

人口五〇万の地方都市とはいえ、市の中心地はそれなりに賑やかだった。

ケバケバしいネオンサインも、今の俺には煌《きら》めいて見えた。

立ち並ぶ屋台は、俺と同い歳くらいの学生たちで賑わっていた。

俺は、バスの時刻表を確認した。十時二十分が最終だった。

まだ一時間ほど余裕があった。

軽くなにか喰って帰ろうと思った。

もう学生食堂も閉まっている。

このまま寄宿舎に帰っても、メシを喰えるところはなさそうだった。

適当な店を探そうと、取り敢えず俺は路地に入ってみることにした。

急に街灯が暗くなった。

やはり天安は田舎だと思った。

俺は、ここを真っ直ぐ行けばある〝天津〟という中華屋に行ってみることに決めた。

そこの皿うどんが旨かったことを思い出したのである。ここから、ものの五分とかからない。


……しばらく歩きもしないうち、俺は、向こうに一寸した人集《ひとだか》りを認めた。

なにやら騒がしい。怒号のような大声が聴こえて来る。

不穏な空気のようなものが、漂って来るのが感じられた。

野次馬根性半分に、俺は近づいてみることにした。


そこには……！


想像を絶する光景が繰り拡げられていた……

真っ先に眼に飛び込んで来たのは、血達磨になった小柄な痩せぎすの青年……！

俺より一寸歳上くらいだろうと思われた。

そして、その青年を取り囲むように、一見でそれと解る風体の悪い屈強な男たちが……

なんと総勢十五人！

その愚連隊風の男たちが、まるで犬コロでも弄ぶかの如く、泣きを入れて命乞いする血《ち》塗《みど》ろの青年に殴る蹴るの暴行を加え、嬲《なぶ》り者にして悦《よろこ》んでいた……

連中の体配を見るに、奴等は、武道か格闘技の経験者らしかった。中には、某地下格闘技団体のロゴの入ったTシャツを着ている者もあった。シッカリと刺青の入った、逞しい二の腕を剝き出しにして。

このままでは死んでしまう！

咄嗟に、俺はそう直感した。

瞬間……！　俺は青年と眼が合った。

青年の眼は、必死に、俺に助けを求めているように見えた。

思わず俺は、彼から眼を逸らしてしまった……

俺は、卑怯者だ。

自責の想いが、瞬時に俺の心を射竦《いすく》めた。

俺は金縛りに遭《あ》った人のように、その場から動くことが出来なくなってしまった……

暴行を加えている連中は、まだ俺に気づいていないようだった。

様々な想念が、走馬灯の如く俺の心を駆け巡った……！

このまま知らん顔して通り過ぎれば、俺には何事もなかったことになるだろう。

明日になれば、忘れてしまっているかも知れない。

……だが、そうすると警察が来るより早く、きっと彼は死ぬだろう。

僅か二十数年の、短い命を路傍の露として……

しかしそれが俺と、一体何の関係があるというんだ！

俺には、大切なものがある。

命よりも大事な、しあわせにしたい女《ひと》がいる。

もしもナニョンの為ならば、幾らくれてやったって、惜しくなどないこの命。

だが……見ず知らずの、行きずりの男の為になど……！

ましてや、多勢に無勢。素人相手ならばいざ知らず、恐らく俺と同等ほどの格闘技経験者十人以上を相手にして、絶対にあの青年を助けられるという保障は、正直言って……ない。

俺が行っても無駄かも知れない。俺も彼と同様に、無惨に殺されてしまうかも知れない。いくら武道家と意気込んでみたって、俺も生身の人間だ。大勢相手に闘うのは、やっぱり、恐い……


だが……彼にだって、きっと大切な人がいるはずだ。愛する女もあるかも知れない。

もしもその女《ひと》が、彼の悲惨な最期を知ったら……

自分の愛を守る為なら、他人の愛を見殺しにしても……それでもいいのか！

お前はそれでも男か！

俺がそんな卑怯者だと知ったら……果たしてナニョンは、それでも俺を、好きでいてくれるだろうか。

それでも俺は、同じ気持ちでナニョンの心を、享《う》け入れることが出来るだろうか。

……一週間後には、大事な試合が控えている。

俺は、この試合に懸けている。

ナニョンも応援に来てくれる。

もし今ここでなにかあれば、俺は試合に出れなくなるだろう。

今度こそは、退学になるかも知れない。

大怪我を負い、選手生命を断たれるかも知れない。
最悪の場合……俺が、彼の代わりに死ぬだろう。

……だが、
我が身可愛さに命を惜しみ、
弱きを見殺しにする奴が、
一体全体、
何が武道だ！
何が男だ！
……ヨンウンよ、
お前は男じゃなかったのか！
男の中の男になると、
誓ったはずではなかったのか！
……チョンマンならばこの場合、躊躇《ためら》わず、きっとあの青年を助けるだろう。
それが男というものだからだ。

……もしも、
あの青年が、
俺に真実《ほんとう》の愛を教えてくれた、
ナニョンだったとしたならば……

ナニョン、ごめんな……
そしておかん、ほんまにごめん……

大きく息を吸い込むと、俺は、徐《おもむ》ろに連中の方へ向かって行った。
連中は未だ、俺に気づかず、青年に蹴りなどを入れて嘲っている。
どんな事情があるかは知らんが、このまま彼を見殺しにしては、男が廃《すた》る！
俺は、連中の一人、入道のような大男の肩を、背後からポンと軽く叩いた。
入道は反射的に振り向いた。
グシャリ！
と大きな音を立て、俺の鉄拳が入道の顎にメリ込んだ……！

顎を押さえ、大きな呻き声を立てる入道を尻目に、俺は返す刀で、傍にいたTシャツ男の横面に裏拳を叩き込む！

突然の不意打ち……

Tシャツはその場に卒倒した。

——空手に先手なし——古くからある空手の格言である。……だが、余程の達人でもない限り、そんなものは綺麗事に過ぎない。

先手必勝！

昔も今も、これが勝負の鉄則である！

奴等が怯んでいる隙に、俺は余勢を駆ってもう一人の男をブッ飛ばした。

武道家の技が綺麗に急所に命中すれば、余程の事がない限り、起き上がって来るのは不可能だ。

残りはざっと、一ダース！

「来い、雑魚ども！

俺が相手になってやる！」

俺は青年に、「早く逃げろ」と眼で合図を送りつつ、敵の注意を惹きつけるべく吠え立てた！

「なんじゃ、コノガキャア！」

「殺してしまえ！」

十二人もの大軍勢は一挙に鬨《とき》の声を上げるや、将《まさ》に疾風怒濤の如く、一斉に俺に飛び掛かった！

俺は瞬時に躰《たい》を躱《かわ》し、避けながら敵の金的を打つ……！

捕まればまさしく、一巻の終わりである。

これは試合ではない。死合。……死闘！

正義を守る、否、こうなっては最早、俺の命を守る為の闘いだ……！

絶対に負けられない！

絶対に生きて還りたい！

ただひたすらのその一念で、
俺は文字通り死力を尽くし、
闘い続けた……

否、

走り続けた……！
眼潰し、
金的、
血飛沫《ちしぶき》、
鮮血……
手に取るもの全てが武器だった……
眼に入るもの全てが敵だった……
闘い、
闘い、
闘い続け、
走って、
走って、
走り続けた！
たとえ心臓が張り裂けようと、
俺は決して、

止まる訳にはいかなかった……！

一体どれほど走っただろう。
いつしか記憶は途絶えていた。
俺の記憶は真っ白な闇に、
吸い込まれるように溶け合っていた……

十二

灰色の世界。
気がつくと、

ここにいた。
狭い、窓のない室《へや》だった。
あれからどのくらい経ったのか。
天井には、裸電球が吊り下がっていた。
今、何時だろう。
向かって正面に、錆びついた鉄格子が見えた。
俺は、
自分が何処にいるのかを、
了解した。
服に、赤黒い、血痕らしきものが夥しく膠着《こびりつ》いているのが認められた。
辺りには、誰もいなかった。
……あの青年は、あの後どうなったのだろう。
俺は彼を、助けることが出来たのだろうか……
一寸躰を動かそうとすると、全身に激痛が走った。
……試合には、もう出れないだろう。

あの試合の為に、あれ程頑張って来たのに……

……ナニョンの顔が浮かんで来た。

応援に来ると、言ってくれていたのに……

……無数の想念が、あの瞬間《とき》までは、確かに現実だった様々な幻想たちが、凄まじい速力を以って俺の脳裡を駆け巡った。

……俺は、絶叫した！

俺の叫びは、虚しくもこの狭い室の中のみに反響した。

直ぐに、元の沈黙がやって来た。

……悲しくて、やり切れなかった。

俺は、今にも気が狂いそうだった……！

それから一睡も出来ず、
音のない灰色の世界を、
俺は覚醒の裡に生きていた。

時間は全く解らなかったが、きっと朝が来たのだろう。

中年のやる気のなさそうな小汚い警官が、面倒臭そうに俺の名を呼び、鉄格子を開けた。

階段を上り、俺は陽の差す処に連れて行かれた。

と思ったのも束の間、俺はまた奥の窓のない室にブチ込まれた。

パイプ椅子に俺を座らせ、その警官は出て行った。出て行くときに、外から鍵をかけられた。

しばらくして刑事が入って来た。蛇のような眼つきをした、悪賢そうな四十手前の男だった。

刑事は着座するなり、疑い深そうな一瞥を俺に投げかけた。

取り調べが始った。

最初に、名を訊かれた。

「高《コ》・龍《ヨン》・雄《ウン》です」

堂々と、俺は答えてやった。

あんな狭苦しい檻に閉じ込めなくたって、俺は逃げも隠れもしない。

正義の為に闘いこそすれ、俺はなにひとつ悪事など働いた覚えはないのだから当然である。

だが、俺の名を聴いた刑事の反応に、思わず俺は耳を疑った……

「テメェ、ふざけんなよ！

本名を名乗れ、本名を！」

こいつは一体、何を言っているのだ。

高龍雄《コヨンウン》。正真正銘の、こいつが俺の本名である。

「おい、日本人野郎《チョッパリセッキ》！

未成年だと思って甘いカオすりゃ、いい気になりやがって！

韓国人に成り澄まそうってのか、ええ」

……駄目だ。話が通じそうにない。

俺は、自分が「在日」だと言い、刑事が「在日」の存在自体を知らなかったので、掻《か》い摘《つま》んで「在日」の説明までしてやった。

しかし、刑事は全く興味なし。

面倒臭そうに俺の話を遮ると、煽り立てるようにこう言った。

「もし本当に韓国人だったら、住民登録証があるだろ。見せてみろ、ホラ」

住民登録証――韓国国内に居住し住民登録をしている全国民は、住民登録証という住民登録番号付きのカードを所持している。

これがなければ健康保険にも加入出来ないし、あらゆる行政サービスを受けることが出来ない。

のみならず、携帯電話も契約出来なければ、インターネットのポータルサイトすら閲覧にかなりの制限がかかる。

だが、韓国国内に住民登録をしていない、「在日」を含めた全ての在外国民は、この住民登録証を持ってはいない。

刑事のクセにそんな事も知らないのか、
馬鹿めが！

俺は、この住民登録番号なるものの存在が、俺のような「在韓在日」を「祖国」から締め出し、疎外する大きな要因のひとつであり、大いなる行政的欠陥だと確信している。

或いは国が、ワザとやっているのだろうか。

兎に角、一事が万事その調子……

刑事は俺の話などマトモに聴こうとはせず、まるで不法移民でも取り調べるように俺に接して来た。

そして日本人野郎《チョッパリセッキ》と俺を罵り、「在日」の話を聴くと、今度は半日本人《パンチョッパリ》と罵った。

俺は、肚の底から込み上げてくる口惜しさを、押し殺すのに必死だった……！

「祖国」韓国に来てからのこれまでの九カ月間に、歯を喰い縛り、皆にも支えられ、やっとの思いで築き上げて来た〝韓国人になれる〟という浅墓《あさはか》だった俺の希望は、畜生にも劣る無能刑事と、奴の背後に高く聳《そび》える偉大なる国家権力を前にして、脆くも音を立て、ガラガラと崩れ去ろうとしていた……！

祖国喪失……

この四文字が、あまりにも強い衝撃の裡に、俺の脳髄を浸蝕し、俺の魂をギリギリと引き裂いてゆく……！

ただ独り、無辺の荒野に、無限の更地に、形容しようもない虚無の闇の裡に、俺の魂は永遠に、彷徨っていなければならないのか！

……俺は、魂が抜けていくのを感じていた。
そんな俺を見て、この人でなしの刑事は、そしてこいつを雇っている大韓民国という壮大なる国家機構は、……俺の心中にそれでも在った素顔の「祖国」までもが……舌を出し俺を嘲笑っているに相違ない……
俺は、裏切られたのか……
国家に、
大韓民国に、
「祖国」にまでも……！
正義とは一体何なのか！
真実は一体、何処にあるのだろうか！
俺は、
眼の前の瀕死の男を救う為、
己が身を省みず、
行動したに過ぎないのに……
正義の為に！

あまりにも巨大な絶望を前にして、俺はこれ以上、なにも話すことが出来なくなってしまった……

俺は、眼の前が真っ暗になるのを感じていた……

それでも俺は、

訴え続けなければならなかった！

それでも俺は、

主張し続けなければならなかった！

正当防衛を……

己の無実を……

それでも俺は、

闘い続けなければならなかった。

後に続くであろう、

六〇万在日同胞の、

玄界灘に漂流する、

行き場のない哀れな魂たちの為に……！
今でも至純の行動と信じて已まない、
俺の正義を、
至誠を開顕する為に……！

十三

その後、二度に亘《わた》り取り調べが行われた。
話は何処までも平行線のままだった。
俺は刑事の脅迫や暴力的な取り調べにも屈せず、奴等の甘言に乗ることもなかった。
だが、刑事もまた、俺の主張に耳を傾けるようなことは決してなかった。

拘束期間は延長された。

外国人の俺には身元保証人がいない為、逃亡の恐れがあるというのが理由だった。

いつまで続くとも知れない、永い留置場生活……

そしてその間に、雲行きは怪しくなって行った……

嘘かマコトか、例の刑事から聴いた話ゆえ全く信用出来ないが、被害者（本当の被害者は紛れもなくこの俺なのであるが！）の一人が重い脳挫傷を負い、意識不明の状態が続いているという。

もしもその男が死んでしまえば、俺は傷害致死罪になるそうだ……

だったらあのとき瀕死の重傷を負っていたあの青年は一体どうなったのだ！

例の刑事も他の警官連中も、誰に訊いても彼のことは、知らぬ存ぜぬを通すばかりだった。

本当に警察はあの青年を、真の被害者の存在を、認知していないのだろうか。

それとも愚連隊のようなあの連中と、奴等の上部団体とでも、なにか癒着でもあるのだろうか。

被疑者の立場にいる今の俺には、そんな事は知る由も、調べる手立てもあるはずがない。

そうこうしているうちに、俺は公訴される事になってしまった……

公訴が決まったその二日後、朝一番にチョンマンが、差し入れを手に接見にやって来てくれた。

チョンマンはそれまでに何度も来てくれていた。

今の俺は外の情報のほぼ全てを、チョンマンに頼っているような状態だった。

だが、その日の彼は、いつもとは明らかに様子が違っていた……

アクリル板の向こうとこっち。

警察官立ち合いのもと、僅か十五分ばかりの接見時間であるにも拘らず、チョンマンは俯《うつむ》き黙りこくって、俺と眼を合わそうともしなかった。

唯々、申し訳なさそうにしているだけだった。

俺もそれ以上、敢えてなにも訊かなかった。

俺たちに許された時間が残り一分を切った頃、チョンマンはやっと重い口を開き、途切れ途切れに、俺に教えてくれたのだった。

昨日付けで、

誠国大学《ソングク》が、
俺を退学処分としたことを……！
チョンマンは眼に一杯、大粒の涙を浮かべていた……
「ばかやろう……
なにもお前が、
泣くことなんてねぇんだよ……」
俺も涙を堪えながら、そんな、俺にとってもあいつにとっても、励ましにも慰めにもならないことを、力ない声で呟いた……
無情にも面会終了の時が告げられ、チョンマンは、許してくれ……と何度も言って泣きながら帰って行った……
なにを許すんだ、
ばかやろう……
お前は俺になにひとつ、
悪いことなんてしてないじゃねぇか……！
いつもいつも……

最後まで……

俺はあいつに、して貰い放しだった……

なにひとつ、
報いてやることも出来ないままに……！

俺はチョンマンに対するすまなさに、胸が潰れてしまいそうだった！

学校なんて、どうでもよかった。

あまりに早い処分の決定に、その冷たさに呆れはしたが、そんなこと今の俺には、もうどうだっていい話だった……

もう合気道《ハプキドー》をやることもないだろう。

思ってたよりも、ずっと短い付き合いだったな。

それでも、今までありがとう……

そんなことを、合気道《ハプキドー》相手に、一寸思ってみたりもした。

……この先一体、俺はどうなってしまうんだろう。

俺は、見ず知らずのあの青年を救う為、全くの無私に、命まで懸けて闘ったのに……

それだけなのに！

公訴……
裁判……
そして、
有罪判決……？
そうなったら俺は、
少年院か、刑務所か……
出所したって、
前科者！
……あんなこと、
あんな馬鹿なことしなけりゃよかった……
そうすれば、
俺の人生ではじめての、
あの幸福だった日常が、
ずっとずっと続いていたのに……！
何が正義だ！

何が真実だ！
……神よ、
もしもあんたがいるのなら、
俺の人生を返してくれ！
……もう、やめよう。
……もう、全部やめよう。
何が「在日」だ！
何が「祖国」だ！
こんな腐った国に来てしまったばっかりに、
こんなひどい目に遭ってしまった……！
畜生！

そこまで思いを巡らせて、
行き着く処まで行き着いた。

心の果てまで、
行っただろうか。
全てを捨ててしまおうと、
こうなりゃ本当の人殺しにでもなり、
全てを叩き壊そうと……
……それでも捨てれぬ大切なもの。
……それでも壊せぬ守りたいもの。
俺にはたったひとつだけあった。
俺の心の、
至聖所なのか……
俺の心の、
純の純……
……ナニョンに、
逢いたい！

十四

殺したいほど　憎いのに
それでも嫌いになれません
殺したいほど　恨んでも
それでもやっぱり恋しくて……

あれから幾日過ぎただろうか。
曜日の感覚も、もうなくなってしまった。
否、もうそんなもの、どうでもよくなってしまった。

もう学校に行くこともなければ、いつここを出られるか、それすらも解りはしない。
仮に出たところで、
一体何処で、
なにをしろというんだ。
行くところも、帰るところもない。
それでも狭い雑居房に、何処の誰とも解らない連中と一緒に、閉じ籠められているのは辛かった。
せめて、独りになりたい。
独りきりになりたい。
いっそのこと、
永遠に独りの、
深い森の中にでも、
消えてしまおうか……
……死。
そんな一文字が俺の脳裡に、

浮かんでは消え、消えてはまた浮かび……

俺はずっと、

あいつのことだけを想っているのに……

ただそれだけを心の支えに、

裏切られた「祖国」の裡に、

蟻地獄のような、

一日一日を耐えているのに……

あいつは……ナニョンはただの一度も、

俺に逢いに来てはくれない。

きっともう、犯罪者の俺に、愛想を尽かしてしまったんだろう。

せめて、それならそうと、手紙でもいいから、ちゃんとハッキリ伝えてほしい……

その手紙を俺は、ずっと大事に、心の中に仕舞っておくから……

ナニョンの筆跡を見るだけで、ナニョンの指紋に触れるだけで、ナニョンの残り香を感じるだけでも……

それだけでも俺は、本当に心からしあわせなのに！

それすらも、今の俺には叶わないのか……
それすらも、今の俺には許されないのか……
今の俺には、
死ぬことも、
生きることも出来ず……
神様……お願いです。
一度でいい。
たった一度でいいから。
最期にたった一度だけ……
ナニョンに……
逢わせてください！

半狂乱の裡に俺は、毎日毎夜、そんなことを想い時を送っていた。
無神論者の筈の俺が、一日も欠かさずに「神」という語を、心の中で唱えていた。
図らずもこれは、牧師の娘であるナニョンの、俺に与えた影響なのだろうか。

それとも人は本当の奈落を知ったとき、或いは生の本能として、絶対者を、神を求めてしまうものなのだろうか……

……兎に角、せめてたった一眼《ひとめ》でも、俺はナニョンに逢いたかった。

もしも本当に祈りが届き、ナニョンに逢えるときが来たなら、せめて手紙でも来たならば、思い残すことはなにもない。

そのときには潔く、この世にオサラバしてしまおうと、いつしか俺はそう決めていた。

留置場では自殺防止の為、紐という紐は全て没収されている。

常に監視の眼を光らせている。

しかし、その気になれば、死ぬ方法なんていくらでもある。

なにかの本で読んだ気がするが、その昔、留置場内で、髭剃り用のカミソリで、頸動脈切って自決した、十六歳の少年だっていたそうだ。

今の俺より歳下なのに……

そんなことを考えているうちに、いつの間にか、むさ苦しくも殺伐としたこの雑居房の小さな窓の向こうでは、空が白みかけているのが認められた。

こんな室《へや》にも朝が来るのが、俺にはなにか不思議なことのように感じられた……

その日の正午。

突然、俺は担当官に呼ばれた。

訊けば面会だという。

またチョンマンだろう、と思いつつ、担当官に連れられて、俺はいつもの接見室へ入った。

……俺は眼を疑った！
俺には夢かと思われた。
幻覚を見たのかとさえ思った。
だが、
俺の眼前に立っていたのは、
夢でも、
幻でもない……
片時も、

俺の心を捕らえ離さぬ、
ナニョンその人だったのである！
……暫《しば》し、俺は茫然としていた。
ナニョンは、眼に涙を浮かべていた……
どちらからともなく駆け寄る二人！
二人を遮ぎるたった一枚の透明な板が、物凄くもどかしく感じられた。
「ごめん……
今まで来れなくて……」
ナニョンは泣きながらそう言っていた。
どうして今まで来てくれなかったの……
とは訊かなかった。
否、訊く必要がなかった。
そんなこと、思いもしなかったから。
ナニョンの眼を見たその瞬間に、そんな気持ちは吹き飛んでしまった。

ナニョンの眼を見たその瞬間に、俺は全てを了解した。
白状するとこの期間、凄くナニョンを恨んでもいたが……
ナニョンを殺して俺も死のうと、そこまで想い詰めてもいたが……
愛と憎しみは紙一重だと、よく言われるがよく言ったものだ。
愛の対極……
それは決して憎しみじゃない。
それは無関心というものなんだ。
……でも、ごめん。
一度でも、疑ったりしてごめん……
そんな気持ちを、静かに俺は、ナニョンに伝えようとした。
「……なにか、あったのか」
ナニョンは俺の眼を見て言った。
「……実は、アッパ（パパ）が」
やっぱり、そうか……
俺は心で溜め息を吐《つ》いた。

ナニョンは俺のそんな気持ちを、敏感に感じ取っているようだった。
「ううん、違うの……！
事件を知ったときはやっぱりびっくりして、わたしも、家族みんなも。
わたしたちのこと、もうバレちゃってたみたいで……
ハルモニ（お婆ちゃん）まで出てきて、もう家中大混乱！
日本人と付き合うだけでもあり得ないことなのに、まさか犯罪者だなんて！
そんな男、今すぐ縁を切りなさい！って、本当に大変な騒ぎだった。
でもね！
ヨンウンはそんな子じゃない！って、
こういう事情なんだ！って、
毎日毎日、わたしアッパを説得して……
生まれてはじめて、
アッパに反抗して、
生まれてはじめて、
アッパに打《ぶ》たれたけど……

それでも毎日、アッパに……
アイゴー、うちの娘は気が狂った！って、
オンマ（ママ）にそう言われたけど……
事件のこと知ったその日に、
わたしすぐに道場に行って、
そこでチョンマン君と知り合って、
彼がすごく親身になってくれて……
だから事情はチョンマン君から全部聴いて知ってるよ！
家族にその話をしたとき、
最初は、
わたしが作り話をしてるって、
みんな思ったみたいだったけど……
あんまり執拗《しつこ》く、
真剣に訴えるもんだから、
それでもやっぱり、

オンマが最初に、
わたしの味方になってくれて、
オンマと二人で、
アッパを説得してね。
……遂に、
アッパも根負けして……
お前がそこまで言うのなら、
一度その子に会ってみよう、て！
昨日……
アッパがそう言ってくれたの！
ヨンウン、喜んで！
明日、
アッパが面会に来るよ！
弁護士さんと一緒に……！」
一気にそこまで言い了《お》えると、ナニョンは人眼も憚《はばか》らず、涙を隠そうとしなかった。

……俺は、声を上げて泣いてしまった！
この気持ちを、なんと表現したらいい……
どんな言葉を以ってしても、俺の胸に今込み上げて来る熱い想いを表すには、一寸役不足になってしまうだろう。
……俺は、
感謝した……
感激した……
……そして、
歓喜した！
俺はナニョンの、
その献身に、
その魂に、
どう報いればいいのだろうか……

面会終了時刻が近づいていた。

俺たちは、静かに見詰め合っていた。

きっと二人に、言葉は、いらなかった。

裁判の結果が出るまでは、まだどうなるか解らないが、ナニョンのアボジ（父）の古い友人の辣腕弁護士が、明日接見に来てくれるという……

俺はナニョンに、
それでも俺を愛してくれる、
「祖国」を見出そうとしていた。
それでも俺は、
「祖国」を信じていたかったのだ……
それでも俺は、
「祖国」を愛していたかったのだ……
きっと俺は、
探し求めていたのだろう。
或いは俺は、

渇望していたのかも知れない。
俺の魂の、
本当の「祖国」を……

第三章　大東武藝圓和道

暁や　海よ貴様に　抱かれたし
我が血潮こそ　波濤なりけり

一

ナニョンのアボジ（父）、そして彼の友人の弁護士先生のお陰だろう。

あれからほどなくして、俺は無事釈放された。

俺は、起訴猶予処分となった。

弁護士との接見以来、俺を見下していた刑事警官の差別的態度は、手の平を返したように一変した。丁重にさえ、俺を扱うようになった。

俺は、弁護士の力は凄いと思った。

釈放時、ナニョンとナニョンのアボジ、そしてチョンマンが出迎えに来てくれた。

四人でアボジの車に乗り込み、留置場を後にした。俺は、四十六日間にも及ぶ長い留置場生活に、やっと別れを告げることが出来た。

それから天安《チョナン》市内の、高そうな韓国料理屋に入り、四人で飯を喰った。食事中、俺はほとんどなにも話さなかった。

なにを話せばいいのか、よく解らなかったから。

なにを喰ったかもよく覚えていないが、一カ月半振りのシャバのメシが堪らなく旨かったことだけは、ハッキリと覚えている。

喰い終わり、そろそろ別れる段になり、俺はナニョンのアボジに頭を下げてお礼を言った。

ナニョンのアボジは、細く小さな眼と大きく高い鼻が印象的な、頭の禿げた大柄な人だった。

別れ際に名刺を貰った。なにかあればいつでも連絡しなさい、と言ってくれ、俺は一寸恐縮してしまった。

ナニョンは名残り惜しそうにしていたが、やはりアボジの手前なのだろう、約束があると言って、アボジの車で一緒にソウルに帰って行った。

チョンマンと二人になった。

冬休みも、チョンマンは学校に残っているという。俺は誠国《ソングク》大学の寄宿舎に、荷物が置いたままになっているのを思い出した。

取り敢えず、二人で学校に戻ることにした。


「お前、これからどうするんだ」

学校へ向かうバスの中で、チョンマンは俺にそう訊いた。

彼のこの質問が、長かった勾留生活からの解放に夢見心地だった俺の心を、一気に現実へと引き戻した。

そうだ。俺は放校になっていたのだった。

チョンマンの話では、彼が懸命に学校側と掛け合ってくれた結果、冬休みの終わる三月一日までは俺は大学の寄宿舎にいられることになっているらしい。

今日が一月十六日。つまりあと一カ月半ほど、猶予があるという訳だ。

それまでに、俺は身の振り方を決めなければならない。

俺は二〇〇七年の年越しを、なんと留置場の中で迎えていたのである。

「嫌疑も晴れたことだし、もう一度復帰出来るよう、学校に嘆願してみようか」

チョンマンは俺にそう提案した。

気持ちは、凄く嬉しかった。

だが、俺の心は決まっていた。

「……ありがとう。

でも俺は、もう二度とあの学校に戻るつもりはないよ」

チョンマンが少し戸惑っているのが解った。

「そんなこと言ったって……

大学中退で、これからどうやって生きていくんだ」

日本以上の学歴社会・学閥社会の韓国では、大学中退、つまり高卒なんて世間からマトモに相手にされない。侮蔑の対象である肉体労働でもして糊口を凌ぐか、〝チャンケ（日本語のチャンコロが由来だと思われる）〟と蔑まれる出前の岡持ちでもやるかが関の山である。

残念ながら、それが韓国社会の現実なのだ。

そしてそれは、チョンマンのような世慣れない初心《うぶ》な田舎青年にさえ、明白に解るほどの事実だったのである。

「……じゃあ、もう日本に帰っちゃうのか。

お前にあんなに尽くしてくれた、ナニョンちゃんを捨てて帰っちゃうのか！」

「ばかやろう、帰らねぇよ。

日本にも、帰るところなんてねぇんだし……」

「じゃあオメェ、これから一体どうするんだよ。

大学にも戻らねぇ、日本にも帰らねぇ……、
何処でなにして生きていくつもりだよ」

チョンマンは真剣な面持ちである。

本気で俺を心配してくれていることが、俺にも解った。

チョンマンは人生というものを、俺よりもっと現実のものとして捉えているように、俺には感じられた。

俺はまだまだ青いのだろうか。

だが、それも含めて俺なんだと、俺の人生だと思い直し、笑われるのを覚悟の上で、俺はチョンマンに打ち明けた。

「俺よう、もっと広い世界を見てぇんだよ。
でっかい世界を見て、でっかい男になりたい。
牢屋に閉じ込められてたから、逆にそんなこと思うようになっちまったのかな。
牢屋で色々考えたけど、人生一度きりだしな。
……燃えるように生きてえんだ。
そして、ナニョンと約束したように、世界一の武道家になりたい！
それから……ナニョンを絶対にしあわせにしたい……！
一寸照れ臭えけど、そいつが俺の夢なんだ。
生まれてはじめて持った、俺の夢なんだ。
だから、今は逆に、学校クビになってよかったとさえ思ってるよ。
負け惜しみじゃねぇ、俺に、広い世界を見るチャンスを、与えてくれた訳だからな
……」
そこまで言って、俺は窓外に眼をやった。
チョンマンは考え込んだように、ただ黙って俺の話を聴いていた。
バスはもう、学校の敷地内に入ろうとしていた。

バスを降り、俺たちは肩を並べてキャンパスを寄宿舎へと歩いた。

会話らしい会話もせず、ただなんとなく黙って歩いていた。

寄宿舎の前まで来たときに、突然チョンマンは俺の顔を見てこう言った。

「ヨンウン、俺の師匠に、一度会ってみないか」

二

抑え切れない胸の高鳴り。

それと同期《リンク》するかのように、畝《うね》りを上げて、空に吠えるは玄界の海。

韓国南端の港湾都市・慶尚南道馬山市《キョンサンナムドマサン》。

天安《チョナン》から、京釜《キョンブ》高速道路を三時間半バスに揺られ、俺はこの市《まち》にやって来た。

期待に胸が躍っている。

俺の生まれた東大阪市と似たような趣を持つ工業の市・馬山の、何処か灰色掛かって見える擦れたような雑踏さえが、闘いの市といった印象を与え、俺をワクワクさせる。

市の中心地では、屯《たむろ》する若い男女の姿が目立った。

真冬のからっ風が俺の頬を突き刺した。

俺は外套《コオト》の襟を立て、待ち合わせ場所として指定されたルーメンという喫茶店へ向かう。

ここからそう遠くはないらしい。

チョンマンは親族の集まりがあるとかで、急遽行けなくなってしまった。

故に俺は、独りここ馬山にやって来た。

勿論、理由は唯ひとつ。

そう。チョンマンの話にたびたび出て来るあいつの師匠・〝達人〟韓鳳武《ハンボンム》先生に会う為に！

チョンマンの話に拠ると、韓先生は日本統治時代の一九二八年に馬山で生まれた。

幼い頃、家族と共に内地《にほん》に渡ったという。

当時は多くの朝鮮人が、職を求め、生活の糧を得る為、玄界灘を渡っている。俺のハラボジ・ハルモニ（祖父母）も、その一人である。日本の戦争の激化してゆく時代の裡に育ち、韓先生は――これも当時の多くの朝鮮人青少年と同様に――志願して陸軍に入った。陸軍少年飛行兵として航空訓練を受け、特攻の任務遂行を五日後に控えた昭和二十年八月十五日正午、いわゆる玉音放送を聴き、日本の敗戦――光復――を迎えたという。当時十七歳だった。

間もなく、祖国光復の歓喜の裡に――天皇陛下の赤子《せきし》である皇国軍人として、太平洋の華と散るべく決死の覚悟をしていた男が、「祖国」光復に歓喜するというのも、なんとも矛盾した話だが、当時を生きていない俺がそれを総括出来るはずもない。それが時代というものなのだろう――、韓先生は、やはり家族と共に故郷・馬山へと引き揚げた。

そしてこれからは、皇国臣民としてでなく、解放された祖国・韓国の発展の為、誇り高き大韓国人として胸を張って生きていこう！

やっと訪れた待望の独立を、そして平和を、思う存分謳歌しよう！

きっと韓先生だけでない、二千万白衣同胞の誰もが胸に、そんな希望を育んでいたその矢先……！

　一九五〇年六月二十五日午前四時……

凄惨な、あまりにも凄惨な、同胞の血を血で洗う動乱の、アメリカ・ソ連の代理戦争の火蓋は切って落とされたのであった……！

　日本の戦争に、一度は若き命を捧げた先生の青春は、今度は祖国の戦争に、またしても奪われてしまったのだった。

　少年飛行兵出身の先生は、新設されたばかりの大韓民国空軍第一戦闘飛行団所属の空軍軍人として、戦場という名の祖国の空を飛び廻り、同じ血を持つ同胞の朝鮮人民軍と闘った。共産主義者《パルゲンイ》から、愛する祖国を守る為……。

　当初シーソーゲームの様相を呈していた戦況は、やがて膠着状態となり、一九五三年七月二十七日、アメリカと北朝鮮との間に、遂に休戦協定が結ばれた。

　祖国を舞台に繰り拡げられた白熱の「第三次世界大戦」は、丸三年もの永きに亘る消耗戦の末に一応の幕を下ろしたのであった。

　しかし、焦土と化した地獄絵図の如き祖国の荒廃は、その後四半世紀以上にも亘りこの国を蝕み続けることになる、軍部独裁、人権弾圧、不正腐敗の元凶となってしまったのである。

五〇年代、六〇年代の韓国は、将《まさ》しく野人時代であった。

無法時代。力こそが、法なのである。

唐手道《タンスドー》五段、喧嘩十段の韓先生は、己れの拳ひとつを武器に、風を切り裂き時代を駆けた。

男が一番、気障でいられる時代であった。

詳しい事は聴いていないので知らないが、地元馬山の、いわゆる顔役のようなことをやっていたらしい。

軍隊時代の同期等が、政府・軍部の中枢にいたことも、時代が彼に味方したのだろう。

その頃は、飛ぶ鳥を落とす破竹の勢いがあったそうだ。

韓国版・男たちの黄金時代《ゴールデンエイジ》……

……やがて時代《とき》は流れ、新世代が台頭。

激烈なる民主化闘争に遂に新軍部は敗北。

軍閥は歴史の闇へと姿を消して、野人時代は静かにその幕を下ろして行った。

韓先生も、いつしか町道場の館長に納まり、少年たちに跆拳道《テコンドー》を教えつつ、静かにその余生を送っていた。

チョンマンが韓先生と出会ったのは、この頃である。

超がつくほどの田舎っぺであるチョンマンは、中学時代から馬山に出、中学高校を馬山で過ごしたという。彼の村には、中学校が存在しないのである。

そういう由で、馬山で寄宿舎生活を送っていた中学生のチョンマン少年は、学校近くの跆拳道場に通い始める。

その道場こそまさしく、かつての〝英雄〟・〝喧嘩十段〟韓鳳武先生の経営する「眞武《ジンム》跆拳道場」だったのである。

……だが、その道場も、事業拡大の話を持ち掛けて来た友人に権利を騙し取られてしまったとかで、今はもうないらしい。

俺からそんな事を訊く訳にもいかず、詳しいことは知らないが、チョンマンが高校三年の春だったという。

今からおよそ、二年前……

チョンマンはそれ以来、敬愛する恩師の雪辱を晴らすべく、眞武跆拳道場の再建を心に誓い、必死に跆拳道の稽古に打ち込み、最近では道場経営の勉強まで始めている。

チョンマンの熱い想いは、一年間彼と苦楽を共にした俺にはよく解っている。

あんなに純な魂を持つ男が、そしてあいつほどの実力者が、そこまで惚れ込む先生だ、きっと間違いはないだろう。

そしてなにより、彼から何度も伝え聴いた韓先生の人生の、まるで韓国現代史そのもののような経歴というか武勇伝というかが、俺に韓鳳武という男に対する激しい興味を抱かせた。

俺は、「祖国」韓国をもっと深く知りたい。

そして、真実《ほんもの》の武人に逢いたい。

そこからなにか、突破口が拓ける気がする。

そこからなにかが、はじまる気がする。


そんな期待を胸に抱いて、俺は、ルーメンの扉を開けた。

（注）唐手道《タンスドー》は跆拳道の前身。日本の松濤館流空手にそのルーツを持つ。

三

バスターミナルから大通りを渡り、歩いて五分と掛からないところにあるルーメンは、日本の古い純喫茶を思わせるような、韓国では一寸珍らしい店だった。年代モノらしき凝った調度品。それらが醸す重厚な雰囲気。喇叭《ラッパ》の付いた蓄音機からはモオツアルトが流れていた。

高そう……

店に入るや否や、一番に俺の脳裡を過《よぎ》った率直な感想はそれである。

だが直ぐに、どうせ相手が出してくれるのだから、と思い直し気にしないことにした。

店内には、二人組の老紳士が一組。品の良い背広を綺麗に着熟《きこな》し、葉巻を燻らせながら談笑していた。

他に、客はなかった。

韓先生は、未だ来ていないようだ。

俺は奥のテーブルの、下座と思われる席に腰を下ろし、取り敢えず珈琲を注文して先生が来るのを待つことにした。

店は、そう広くない。

誰か入って来れば直ぐに解る。

こんな店で人を待つときに、イヤホンで音楽を聴くのもナンだと思い、俺は店に置いてある新聞を読むことにした。

漢字の使用を事実上廃止した韓国の、ハングルだけで書かれた新聞は、一年住んでいてもやはり読み難かった。

韓国語の約七割は漢字語であるにも拘らず、漢字を廃止……

なんとも言えない。

否、そんな事はどうだっていい。

いよいよ韓先生に逢えると思うと、期待と緊張の余り、俺はほとんど文字が頭に入らなかった。
……そのとき、扉の開く音がした。
咄嗟に、俺は後ろを振り返った。

扉の前に、浮浪者のようなナリをした小汚い年寄りが立っているのを俺は認めた。
「チッ！」
思わず俺は舌打ちした。
なんて場違いな男なんだ。
俺はそう思わずにはいられなかった。
大方、いかがわしい安物を売り歩く行商人の類かなにかだろう。
韓国には、そのテの物売りが矢鱈《やたら》と多い。
高揚する気持ちに水を差された気分の裡に、俺はそのジジイを睨みつけてやった。
だが、なんと……
ジジイは俺を認めてニッコリ笑い、ヒョコヒョコと俺の方へやって来るではないか！
しまった……絡まれた……！

こんな大事なときに、カモ発見とばかりに、このクソジジイ！

奴は俺に、要りもしない粗悪なガラクタを売りつけようという魂胆だろう。

絶対に眼を合わせてはいけない。

絶対に口など利《き》いてやるものか。

新聞を拡げ、俺はシカトを決め込むことにした。

ジジイは俺の眼の前に来た。

そして、予想外の言葉を口にした……！

「高君やねぇ」

「へ……」

ジジイが発した言葉は、なんと流暢な関西弁であった……

「はぁ……そうですけど」

思わず俺は反応してしまった。矢張りジジイと同様の、ネイティブな関西弁で。

「チョンマンから話は聴いてます。

韓です。どうぞ、よろしゅう」

ジジイはそう言って、俺に右手を差し出した。

ほとんど条件反射的に、俺はジジイの掌《て》を握った。左手を、右腕の肘に添えて。

韓国式の、儒教風シェイクハンドというやつである。

狐につままれた気分の裡に、ジジイは俺と相対し席に坐った。

なんとも不思議な気分だった。

本当にコイツが、元特攻隊員にしてかつての韓国空軍中領、歴戦の勇士・韓鳳武《ハンボンム》なのだろうか……

俺は騙されているのかも知れない。

だが、コイツがこんなに達者な日本語を話すのは、一体何故なんだろう。

俺の頭は混乱していた……

取り敢えず真偽を確めるべく、俺は一寸話し掛けてみることにした。

「……日本語上手ですね」

「まぁ、日本の教育受けて来たからねぇ。

僕らの時代は日本語が出来んと、相手にもされへんかったんよ」

ジジイは完璧な日本語を話す。

なら、これならどうだ。

尻尾を出させようとして、俺はジジイに色々質問してみることにした。

「少飛、ですよね」

さぁ、クソジジイ。これが何の略かは解るまい。

俺は未だ日本にいた高校時代、「民族教育」と称する盲目的反日歴史教育への反発から、帝国日本に興味を抱き、一時期「日本軍マニア」のように極東近代史を日本の側から、猛勉強した時期がある。

子供騙しの似非日本兵に、シッポ出させるなど訳ないことだ。

「懐かしいなァ。

よく知ってるねぇ。

〝陸軍少年飛行兵第十五期大西富三郎！〟言うたんや。

昔は皆、日本の名前ですわ」

……ジジイの言葉に、妙な重みが感じられた。

「韓国軍では、中佐まで成りはったんですよね」

「戦時は昇進が早かったからねぇ」

戦時は昇進が早い……サラリといった彼のその言葉の裡に、どれだけの英霊たちの尊い犠牲があったのかを、俺は少し垣間見たような思いがした。

「それにしても君、よく知ってるねぇ」

「はぁ……チョンマン君から聴きました」

「あいつホンマに、なんでもペラペラ喋るなァ」

そう言って、ジジイは少し照れ臭そうに笑った。

本物かどうかは未だ解らないが、今俺の前に坐っているこの人物に、俺はなにか不思議な魅力を感じ始めていた……

ウエイターの運んで来た珈琲を一口啜った後、悪戯っぽい笑みを浮かべて、ジジイは俺にこう言った。

「どう。一寸はホンモノやと信じてくれた」

彼の眼は不敵に笑っていた。

俺はその眼にやられてしまった。

韓先生は話が上手く、俺は身を乗り出すようにして、先生の若かりし日の武勇伝など色々聴いた。

時が経つのも忘れてしまい、気づくと俺たちは優に三時間も話し込んでいた。


「そろそろ去《い》のうか」

韓先生はそう言って立ち上がった。

時刻は七時を廻っていた。

「それにしても先生元気ですね。

今、おいくつですか」

「数えで今年八十や。

高君、武道家はいつまでも若こうないとあかんで」

先生はそう言って、俺の背中を軽く叩いた。彼の掌に、熱く力強い不思議なエネルギーのようなものが感じられた。

それは生まれてはじめての感覚だった。

先生はこの店に顔が利くらしく、店主らしき男と少し歓談すると、ニコニコしながら金も払わずに店を後にした。

……店を出たときから、なにやら妙な視線を感じる。
誰かに後をつけて来られているような、嫌な気味の悪さがある。
……気のせいだろう。
先生をお見送りすべく、俺たちはタクシー乗り場へと歩いている。
と、突然先生が、近道だといって薄暗い路地へと曲がった。俺は先生について行く。
……突然！
バラバラッと人影が、俺たちを取り囲むように現れた！
あまりに突然の出来事である。一体何事なんだろう。
暗闇の中で、俺はその中の一人と眼が合った……
「……！」
見覚えのある顔だった。
俺は一瞬、血の気が退《ひ》いた。
俺は状況を理解した。
二カ月前の乱闘事件で俺にやられた連中が、お礼をしに来たようだった。

奴等はまたしても十人ばかり。
闇夜を照らす月光に映え、ギラリと白刃の光るのが見えた……
先生をお守りしなければ……！
そう考える暇もなく、問答無用で一斉に、奴等は俺に襲い掛かる！
絶体絶命……！
最早これまでか……覚悟を決めた次の瞬間！
眼にも止まらぬ早技で、先生は俺を押し退《の》けるや、奴等の全てを料理していた……！

あまりに一瞬の出来事である。
先生は、息も切らさず飄々としている。
連中は残らず失神し、誰一人、起き上がって来る気配すらない。
唖然……！
言葉を失うとは、将《まさ》にこのことである。
俺は夢を見ているのだろうか……
生き地獄の屈辱を味わった、あの留置場での生活に、頭がおかしくなってしまったのだろうか……

あり得ない。

いくらかつての猛者とは雖《いえど》も、八十にもなる、こんな小柄な老人が、あの屈強な大男等を……

俺は気が狂っているのだろうか。

幻覚を見ているのだろうか。

……仮にもし、そうでないとしたら。

……仮にこれが、もしも現実だとしたら。

本物だ……

この爺さんは本物だ！

俺が今まで探し求めた、本物の武道家なのかも知れない……！

俺の脳髄は衝撃の裡に、
あまりの衝撃の裡に……

「先生……！」

何事もなかったかのように、ヒョイヒョイと先へ進む先生を、俺は背後から呼び止めた。

「先生、一体いまなにをされたんですか！」
先生は俺の声に気づき、振り向いた。
「ん……
ああ、これか。
大したことあらへんよ」
先生は気にも留めないという風に見えた。
「大したことない訳ないでしょう！
教えて下さい！
なんの武道の、なんという技を遣《つか》ったのか。
なにをどれだけ、どう稽古したら、一体そこまで行き着けるのか……！」
「そう大袈裟なモンやないて。
跆拳道《テコンドー》を一生懸命頑張りなさい」
「跆拳道って……
先生いま、蹴りなんか一ペンも遣わんかったやないですか！」
俺は執拗《しつこ》く喰い下がる。

俺は本気で求めているのだ。
俺は本気で、世界一の武道家になりたいのだ。
「なんという武道なんですか！
それはチョンマンもやってるんですか！」
はぐらかし、逃げ切ろうとする先生の袖を、俺は摑んで離さない。
「教えてくれるまで帰しません！
俺にもその技を教えて下さい！
俺を弟子にして下さい！」
俺はその場に膝を突いた。
「ちょっとちょっと……
顔を上げなさい。
ううん、困ったなァ」
見上げると先生は、本当に困ったような顔をしている。
「なにがそんなに困るんですか！
俺がその武道を、発展させて見せますよ！」

「……いや、それが困るんや」

「何故ですか。

一子相伝、門外不出ということですか！」

「いや、そうやないんやけど……」

先生は答え難そうである。

俺は先生の眼を見据える。

眼と眼が合う。沈黙が走る。

……やがて先生は、根負けしたという風に、その重かった口を開いた。

「知ってしまうと、君が苦労する思うてな……」

「覚悟の上です！

武道の道に、俺は命を捧げる覚悟です！」

……そこまでの覚悟が、本当に俺にあったかどうかは解らないが、言葉が先に、口を衝いて出た。

はじめに言葉ありき、という言葉ではないが、ときには言葉が、意志に先行するのかも知れない。

先生はじっと、俺の眼を見ていた。もしかすると、心を見ていたのかも知れない。

一瞬、時間《とき》が止まった。

俺は息を飲んだ。

やがて、俺は先生の言葉を聴いた。

「…圓和道《ウォナド》、いう武道や。

圓でひとつに和する。

すべての技を、宇宙の根源である圓と太極で表現するんや。

弟子は、取ってない。

これはチョンマンにも教えてない。

僕で始まって、僕で終わったらええんや」

「あきません！

そんな素晴らしい武道を、先生一代で終わらせるなんて、そんなことしたらあきません！

俺に圓和道を教えてください……

これは人類の宝です！」

「口が上手いなあ、君も……」

「お願いします！」

「……まぁ、また遊びに来なさい。

今度またゆっくり話しましょう。

今日はもう遅い……」

そう言い残し、先生はタクシーに乗り込んだ。タクシーは直ぐに走り去った。

俺は先生が見えなくなっても、しばらくその場から離れることが出来なかった。

圓和道……それははじめて聴く言葉だった。

四

「チョンマン！

圓和道《ウォナド》って知ってるか！」

翌日、天安の寄宿舎に帰って来るなり、昨日の興奮醒めやらぬ俺は、チョンマンに開口一番そう訊いた。


昨夜、七時二十分発の最終バス、そして八時の終電車まで逃してしまった俺は、仕方なく、馬山《マサン》のバスターミナル付近のチムジルバンと呼ばれる安いサウナで一泊した。

床は固く、金曜なので客は多かった。人々の熱気で寝苦しかった。

若い男女が、あちこちで乳繰り合っていやがった。

こいつらはきっと、大学生なんだろうな……

ナニョンは、今頃どうしているのかな……

ぼんやりと、アベックたちを眺めつつそんなことなど考えながら、俺は黙ってシッケという冷たい甘酒を飲んで寝た。

そして朝起きて軽く風呂に入り——出来るだけたくさん入浴しモトを取らなきゃ損だ！

——、バスに乗りまた三時間半掛けて、天安《チョナン》に帰り着いたのだった。

それから天安ターミナルで、約三〇分バスを待ち、約三〇分バスに揺られて、寄宿舎に辿り着いたときには、昼飯時も過ぎていた。


「うぉなど、か……

一寸わかんねぇなァ」

チョンマンは大真面目な顔をしてそう言った。

「それより韓先生と会ってどうだった」

それよりじゃねぇ、それこそだ！

俺は昨日の大事件の、一部始終を彼に伝えた。
チョンマンも、吃驚《びっくり》仰天したようだった。
「えええ、マジか！
韓先生ってそんなにスゲェの……」
オイオイ、お前が紹介したんじゃねぇか。
だが勿論、チョンマンの驚きは無理もない。
「チョンマン、馬山に行こう。
俺は馬山に行く！
韓先生の弟子になり、その圓和道ってやつを極めてやる！
決めたよ。
昨日サウナで決心した。
俺は……馬山に行くよ」
俺は一息にそう宣言し、チョンマンの反応を期待した。
……だが。
「え。お前今さっき馬山から帰って来たばかりじゃねぇか」

話はまるで嚙み合っていなかった。

俺は拍子抜けした。

仕方なく、俺は嚙み砕いてもう一度、昨日の感動を詳細に、出来るだけ鮮明にチョンマンに話した。

友とこの感動を共有する為に。

そして、友を大いなる俺の味方につける為に！

「頼む！　一緒に韓先生を説得してくれ！

そして、地上最強の圓和道を一緒に習おう！」


三日後、俺たちはヤウリという天安で唯一のデパートで買った、ジョニーウォーカーのブルーラベルを手土産に、再び馬山行きのバスに乗り込んだ。

俺にとっては、清水の舞台から飛び降りるほどの大出血だった。

チョンマンにも半分出して貰ったが、それでも痛い出費には変わりなかった。

……しかし、そんなことはどうだってよかった。

全財産、投げ出したって惜しくなかった。

奇跡のような究極の武道・圓和道を極められるとしたならば……！


俺たちは韓先生の宅《うち》に呼ばれた。

先生の家は、馬山の北東の果て、天柱山《チョンジュ》という標高六〇〇メートルほどの山の麓に位置していた。

七〇年代のセマウル運動時代に建てられたのであろう、古い韓国式洋風家屋であった。

直ぐ近くには、韓国を代表する二大ビールメーカーのひとつ、ハイトビールの巨大な工場が聳え立っている。

二〇年前に奥さんに先立たれたという先生は、その家に息子さん家族と同居していた。

息子さんは、武道はやっていないという。

所謂、普通のサラリーマンである。

俺たちは奥の、先生の隠居部屋に通された。息子さんの奥さんが、お茶を運んで来てくれた。

先生に挨拶を述べ、持参したウイスキーを差し出した。

そして、床に手を突いてこう言った。

「先生！

俺たちに、圓和道を教えて下さい！」

今回は日本語を解さないチョンマンがいる為、三人の会話は当然、韓国語である。

先生はやはりチョンマンと同じ、慶尚道《キョンサンド》訛りの強《きつ》い韓国語を話した。

お茶を濁そうとする先生と、この機を逃すまいとする俺たち二人。

三日間サンザン俺から圓和道の凄さを聴かされたチョンマンも、感化され、もうスッカリその気になっていた。

「お願いします！」

「……」

「僕からも頼みます、先生！」

「……せやかてなァ」

必死に懇願する俺たちを、時間ばかりが押して行く。

陽は沈みかけようとしていた。

「どうしても駄目なんですか！

未来を担う若人たちが、ここまで頼み込んでいるのに……！
先生の、武芸の精華を、世に遺《のこ》そうとしているのに……
俺は本気です。
俺たちは本気なんです。
こんな素晴らしい武道を、先生一人の代で終わらせては勿体無過ぎる。
そんな事されてはいけません！
俺は惚れたんです。
圓和道に……
武道家・韓鳳武という男に……！
……どうしても駄目だと仰るのなら……
今この場で腹カッ捌いて自決します！」
遂に俺は啖呵を切った！
半分、本気だった。
どうせ何処にも行くところも、帰るところもない。
だったらこれに賭けてやろうと、俺は決心して出て来たのである。

こうなった以上、赤誠をぶつけるより外にない。
それでも駄目なら、こんな解らず屋のクソジジイ糞喰らえだ。
俺には、失うものなどなにも無いんだ！

暫《しば》し、沈黙が続いた。
先生は俺の眼を見据えていた。
チョンマンは取り成そうと狼狽《うろた》えているように見えた。
家路に向かうビール工場の労働者たちの雑踏だけが、窓外に遠く聴こえていた。
……最早これまでか。
と思ったそのとき、
先生の大笑が、重い室《へや》の沈黙を破った……！
俺たちはぽかんとして、先生の次の言葉を待った……
先生は微笑を浮かべていた。
先生の目尻に刻み込まれた深い皺が、俺には凄く印象的だった。
やがて先生は、やさしい口調でゆっくり言った。

「貴様、面白い男やな……
戦争中を思い出すわ」
そして先生はチョンマンの方を向き、続けた。
「お前もやるんか」
「ハイ！
僕もやります！」
チョンマンは二つ返事でそう答えた。
「……ついて来なさい」
先生はそう言うと徐《おもむろ》に立ち上がり、庭の方へと歩いて行った。
俺たちは顔を見合わせてニッコリ笑い、飛び跳ねるようにして先生の後を追い掛けた。
先生の宅の狭い庭で、俺たちは圓和道の手解きを受けた。

その後、先生のご家族と夕飯を共にし、先生の宅に一泊してから、翌朝俺たちは天安へと帰った。
真の武道探求への第一歩、大いなる希望を手土産として。

興奮の余り、帰路バスの中で俺たちは一睡もしなかった。

五

圓和道《ウォナド》は、韓民族の魂を受け継ぐ武道である。

一万年前とも言われる古朝鮮時代より連綿と受け継がれて来たという朝鮮固有の古代哲学・三極観思想に、その基礎を置く。

三極観思想は、朝鮮国学の経典である三一神誥《サミルシンゴ》・天符經《チョンブギョン》等に、その思想的根拠を持つ。

三極観では、森羅万象は、无極《ムグク》・太極《テグク》・皇極《ファングク》の三極の形象的表現であり、三極は三つでありながら、同時にひとつであるという。

なにやら頭のコンガラガリそうな話だが、要するに、その韓国国有の古代哲学を身体で表現したものが、圓和道であるという。

圓和道の全ての動作は圓の原理に基づいており、圓はやはり三種類、无極圓（正圓）・太極圓・皇極圓（楕圓）に分類される。

そしてその三圓は、やはりひとつの圓なのである。

その圓の原理により、投極打（投げ技・関節技・突きや蹴りなどの打撃技）、そして武器術にまで至る全ての技が表現される。

その組み合わせは自由自在。技の数は〝萬二千手《マンイーチョンス》〟。無限に存在するという意味だ。

俺は晴れて、我が眼前に奇跡を見せた究極の武道・圓和道を学習出来ることになった。

図らずもまたそれは、俺に「祖国」韓国をヨリ深く知ることの出来る機会をも与えてくれた。

日本武道の亜流ではない、真の韓国武道、そしてその根底に流れる韓民族の思想と精神を通して。

韓先生は帰り際、これを読んでおけ、と俺たちに二冊の本を貸してくれた。

日本の記紀に相当する朝鮮の古典・三聖記《サムソンギ》・太白逸史《テベクイルサ》などを集めて編纂された「桓檀古《ハンダンコ》記《ギ》」、そして李朝後期に崔漢綺《チェハンギ》という実学者によって書かれた、氣によって宇宙の生成原理を解釈したという「氣学」。この二冊がそれである。

原文はどちらも、漢文で書かれてあった。

対訳的に、ハングルによる現代語訳がついていた。

俺たちは、辞書を片手に夢中になって読んだ。俺はハングルは未だ覚束ないが、漢字は解る。チョンマンはハングルは勿論完璧（俺に比べれば、の話であるが）だが、漢字は全くといっていいほど、解らない。

本当に意味を理解するにおいて、どちらが有利、という訳でもなさそうだった。

自然、読書会のような、勉強会のようなカタチで、二人で読み合っては意味を照合するときが多かった。

俺たちは暇さえあればそんな時間を持った。

また、これも知っておけ、と言われ本屋に買いに行った本もあった。

「人体解剖図鑑」がそれである。

武道をする者は、操作する自己の人体、そして闘う相手の人体について、科学的に理解していなければならない、という理由からであった。

もっともだと、俺は思った。

「武医同術」という言葉も習った。

文字通り、武術と医術は同じ術、同じ根を持つ術という意味である。

例えば人体には経穴（ツボ）というものがあり、同じツボでも適度な刺激を与えれば、気血の流れを活性化させ健康増進に役立つが、もしもそのツボを強く打ち、経脈の流れを断ってしまえば、気血の流れは止まってしまい、やがてその人は死に至る。

生死は表裏一体である。

そして、その生死を主管すること、自己の健康も勿論であるが、敵の生殺与奪を握ること、相手の生死を主管すること、これこそが将《まさ》に、武道の根本であるという。

先生の話は一寸、否、かなり難しかったが、深く為になり、そしてなにより面白かった。

先生はいつも、事物の本質を捉えているように俺には見えた。

気がつくと俺はチョンマン以上に、先生のファンになっていた。


そんな坐学の勉強もしながら、勿論稽古も夢中でやった。

冬休み中、ほとんど無人の道場で、夏の特訓の再開だった。

科目が跆拳道《テコンドー》から圓和道に、替わっただけのことだった。

一カ月。時間《とき》は一瞬の裡に過ぎ去ろうとしていた。

六

二月末。あと数日で、新学期が始まる。

三月一日までに、俺はこの寄宿舎を退去しなければならない。

その日が近づくにつれ、俺は焦りを感じ始めていた。

チョンマンは、それでもやはり、学籍復帰出来るよう学校当局に働きかけようという。

お世辞にも一流とはいえない定員割れの誠国《ソングク》大学のことだから、充分可能な話だという。

大学生という社会的身分を活用し、保険をかけつつ余裕をもって圓和道《ウォナド》を学べばいい、というのが彼の主張である。

チョンマンの言いたい事は解る。

常識的に判断すれば、彼の提案はもっともだと思う。

……だが、常識的に判断し、常識的に行動すれば、常識的な結果をしか生まないではないか。

俺は、革命的な結果が欲しいのである！

大学に通えば当然、学業や合気道《ハプキドー》、学校生活に時間を取られ、その分圓和道の稽古時間は減る。

圓和道は中途半端になってしまう。趣味になってしまう。

それでは不可《いけ》ない。

そんなことでは不可《いけ》ないのだ！

やるからには徹底的に……！

それが、十五のときからの、変わらぬ俺のモットーである。

「お金、大丈夫なの」

新学期に備え、昨日寄宿舎に戻って来ていたナニョンに、そう言われた。

大丈夫じゃない！

とは言えない。

実の処、所持金は一〇万ウォンもなかったが、そんなことを女の子の前で言えるはずもない。

……だが、背に腹は変えられない。

三日後にはここを出なければならないのだが、部屋を借りるにも金がない。

借りられる奴はチョンマンだけだが、あいつも貧乏学生である。奨学金とアルバイトで、あいつもカツカツの中やっている。

日本の実家の経済状況は、言わずもがなである……

要するに俺は、ニッチもサッチも行かない状態に陥っていた……！

「うん……

まぁ、うん……

……困ったな」

ポロッと本音が出てしまった。

ナニョンは別段驚きもしない。

彼女は飽くまでも冷静に、諭すような口調で俺に訊いた。

「ヨンウンは、これからどうしたいの」

なんと答えるべきか思い倦《あぐ》ね、俺はナニョンに目をやった。

ナニョンはなんとも言えない眼をしていた。

今の彼女の表情を、なんと表現すればいいのだろう。

惻隠《そくいん》――そんな言葉が、適切かも知れない。

沈黙の重さに耐え切れず、俺はナニョンに、すべてを話すことにした。


ナニョンは黙って、俺の話を最後まで聴いてくれた。

そして深呼吸をひとつして、少し考えているように見えた。

それから、やさしく俺にこう言った。

「明日、一緒に馬山《マサン》に行こう……」

翌朝、二人はバスに乗った。

俺は涙が出そうになった。
俺はナニョンの手を握った。
ナニョンは俺の手を、強く握り返してくれた。
女の子みたいに、俺はナニョンの肩に頭を預けた。
彼女の髪の甘い香りが、心から俺を勇気づけてくれた。
バスは小白《ソベク》山脈を越え、一路南へとひた走る。窓外に、菜の花畑が煌《きら》めいていた。

七

やがてバスは、馬山《マサン》ターミナルに到着した。
俺たちはターミナル付近の安い食堂に入り、キムパプとラーメンを二人で分け合い軽く腹拵えをした。

それからハイトビールの工場を目指し、人に訊きつつ、またバスに乗り韓先生の宅《うち》の近所に向かった。

馬山市亀岩洞《クアムドン》。韓先生のご町内である。

この町で部屋を探そうと、俺たちは不動産屋に飛び込んだ。

韓先生には、勿論伝えていない。

言えば反対されるに決まっている。

大学に戻れと、諭されるに決まっている。

なので言わない。

叱られるのは覚悟の上で、事後報告するつもりである。

二十歳《はたち》にも満たない若い二人。

ナニョンは十九歳。

三月十五日生まれの俺は、未だ十八歳。

一人暮らしをしたこともない、世間知らずの俺たちに、部屋の良し悪しなど解るはずもない。

不動産屋に言われるがまま、車に乗せられ同じような学生用のワンルームマンションを何軒も見て廻った。

何処がいい、と訊かれても、正直よく解らなかった。土地勘もないので尚更解らない。

それよりも、なによりも、俺は保証金が気になった。

これも今日、不動産屋に来てはじめて知ったことなのだが、韓国では部屋を借りるとき、安くても一〇〇万ウォンほどの金が保証金として必要になる。安くても、である。

そんな大金、俺が持っているはずがない。

馬山まで来るバス代でさえ、ナニョンに出して貰ったくらいである。

そしてさっきのメシ代でさえも……

不安になり、俺はナニョンの顔を覗いた。

ナニョンは存外、何事もない様子であった。

逆に不思議そうな顔をして、ナニョンは俺にこう訊いた。

「どうしたの」

「あ、いや……

思ったより、その……高いな」

「いくらくらいだと思ってたの」

「二〇万ウォン……位かな。

保証金とか、知らなかったし……」

俺はかなり弱気になっていた。

ナニョンも多分、同じ気持ちだろうと思っていた。

だが、意外にもナニョンはケロッとしていた。

ナニョンは俺の耳許でこう囁いた。

「お金なら、心配しなくていいよ」

俺は一瞬たじろいだ。

「お、おう」

そんな弱気な相槌を打つしか、俺には出来なかった。

カッコワリイ……と思った。

小さくなっている俺を尻目に、ナニョンは不動産屋と、その場で交渉し始めた。

それからもう一軒、俺たちは不動産屋と部屋を見た。

ほとんどナニョンが主導的に動き、部屋の隅々を点検し、不動産屋とも交渉した。

俺は、ナニョンについて行くだけだった。

ナニョンはこの部屋を、ひどく気に入った様子だった。

俺には、何処も同じに見えたのであるが。

「ここでいい」

ナニョンは上機嫌で俺に訊いた。

「うん……いいと思うよ」

そんな返事しか、俺には出来なかった。

「すみません！」

ナニョンは不動産屋に呼び掛けた。

「ここにします」

ハッキリとした口調で、ナニョンはそう宣言した！

俺は思わずナニョンに訊いた。

「……金、大丈夫なのか」

「アッパ（パパ）がね、いざというときのためにって……」

ナニョンは一寸悪戯っぽい微笑を浮かべ、チラリと俺にカードを見せた。

「そ、そうか……」

俺は一瞬たじろいでしまった……


三人で不動産屋の事務所に戻った。

しばらくすると、事務所に大家が現れた。

はじめ大家は、俺が未成年の外国人ということで貸し渋っていた。

……だが！

そこで大活躍のナニョンであった。

アノ手コノ手と懸命に、如何に俺が信用に値する人間かということを、かなりの誇張を以って大家に話した。

仕舞いには……なんと大家が説得された！

最後にはニコニコしながら、大家は不動産屋を後にした。

俺は傍でただ呆気に取られているだけだった……

ナニョンは清純そうな顔をして、意外な度胸の持ち主だった。

案外男より女のほうが、イザというときの肚《はら》が坐っているのかも知れない……

大家との話し合いで、俺は三月一日に越して来ることに決まった。


その足で、ナニョンに連れられ俺は携帯屋に行った。

ナニョンの名義で、俺は携帯電話を契約して貰った。

これは未成年でも出来るらしかった。

住民登録番号も、外国人登録番号も持っていない俺には、出来ないことであったのであるが……

韓国に来てはじめて携帯を持てて、俺は一寸嬉しかった。

「毎日ちゃんとメールしてね」

そんな意味のことを、ナニョンは俺に言っていた。

思い出したことがひとつある。

契約時、名義人はナニョンであったが、請求先の住所にはさっき契約して来たばかりの、馬山の俺の室《へや》の住所が、しっかりと記入されていた。

八

そうこうしている内に、辺りはもう、すっかり暗くなっていた。

今日中に天安《チョナン》に帰る手段は、もうなさそうに思われた。

「どうする」

俺はナニョンに訊いた。

「しょうがないから、チムジルバン（サウナ）にでも行くか……」

ナニョンは、一寸俺に身を寄せながらこう言った。

「……海の見えるところに行きたい」

それがどういう意味なのか、俺にも半分合点が行った。

俺はナニョンの肩を抱き、決心のようなものを噛み締めた。

二人は大通りまで歩き、そこで流しのタクシーを拾った。


馬山《マサン》観光ホテル。

海岸沿いの、客室から馬山湾が一望出来るそのホテルの九階に、俺たちは宿を取った。

オーシャンビューの大窓の向こうは、輝く銀の港であった。

異国の貨物船たちが、漆黒の海に光って見えた。

遠くでは、空と海とが溶け合っていた。

時間が、止まっているように感じられた。

ホテル近くで夕食を済ませて来た俺たちは、順にシャワーを浴びることにした。

先に入れとナニョンに促され、俺はシャワーを浴びながら、今日という日を追想していた。俺のこれからを、大きく決定した今日という日を。

そして、俺の人生を、大きく決定するであろう、一時間後のその瞬間を、俺は心に刻み込もうとしていた。

胸の鼓動は高まっていた……

躰《からだ》を拭いて髪を乾かし、俺はナニョンを待ちながら、窓の向こうの輝く海を、見るともなしに魅入っていた。

いつもならビールが呑みたいところであるが、何故だか俺はナニョンといると、酒が欲しいとは思わなかった。

酒がなくとも、酔えるのだった。

否、むしろ、低俗な酒の力などに、心の純を、濁されたくはないのであった。

俺はなにも恐くなかった。

俺はなにも慾しくなかった。

ただナニョン、君さえそばに、いてくれたなら……

浴室の戸の開く音がした。

その音に、俺は振り向いた。

濡れた髪から雫を落とし、裸の天使が、そこに立っていた。

俺は、思わず息を飲んだ。

ナニョンは俺の視線に気づき、慌ててバスローブにその身を包んだ。

俺は、自分の胸の鼓動を聴いた。

どうしていいのか、解らなかった。

ナニョンは恥ずかしそうにしながら、コップ一杯の水を口に含み、一息にそれを飲み干した。

それから俺の傍に来て坐った。

二人はひとつの大きなベッドに腰を下ろしたまま、しばらく黙って夜景を見ていた。

チラチラと、俺はナニョンの横顔を盗み見た。

ナニョンも、それに気づいているようだった。

俺の心臓は、今にも爆発するかと思われた。

俺は……覚悟を決めた！

そっと、ナニョンの顎《あぎと》に手を延ばし、やさしくこっちに引き寄せた。

俺は、まるで桜の花弁《はなびら》のような、その唇に口を合わせた。

一面に、薄桃色の香気が立った。

俺はナニョンを抱き寄せながら、抱き崩れるようにして、二人で躰《からだ》を横たえた。

二人は見詰め合っていた。

二人に言葉はいらなかった。

男と女は、愛という陶酔の海を泳ぐ、二匹の自由な、魚になった。

二人の心は、ひとつだった……

九

夜の裡、歓喜の海を泳ぎ続けた俺たちは、いつしか白い静かな朝を迎えていた……

俺の真横で小さな寝息を立てている、あどけないナニョンの寝顔を見ていると、いつまでも俺は、純白の朝のやさしさに包まれて、ずっと眠っていたかった。

だが、時間は決して、俺たちにそれを許しはしなかった。

現実的な話として、チェックアウトは十時であった。

俺はナニョンを起こすまいと、静かに起き上がり先にシャワーを浴びることにした。

シャワーを浴び終え浴室から出てみると、ナニョンはもう目を覚ましていた。

俺に気づくと、寝ぼけ眼でおはようを言った。

二人で迎えた、これが最初の朝だった。

ナニョンがシャワーを浴びている間《ま》に、昨日買ったばかりの携帯電話で、俺はチョンマンに電話を掛けた。

チョンマンはやはり起きていた。

奴は早起きなのである。

俺はチョンマンに、掻い摘んで急遽決まった馬山進出のあらましを話した。

今から荷物を取りに帰ると言うと、チョンマンは、送ってやると言ってくれた。

俺は、彼の好意に甘えることにした。

窓の向こうに馬山《マサン》の海を臨みつつ、俺はナニョンと朝ごはんを食べた。

「チョンマンが、荷物を届けてくれることになったよ」

食後のインスタントコーヒーを飲みながら、俺はナニョンにそれを伝えた。

「よかったじゃない。

じゃあ、もう少しゆっくり出来るね」

ナニョンは、少し嬉しそうだった。

それから大家に連絡し、今日から住むことにする旨を伝え、チェックアウトを済ませた俺たちは、バスに乗り、山の麓の新居へと向かった。

鍵を受け取った俺たちは、またバスに乗り市《まち》へ出た。当面必要な、生活用品を買い揃える為である。

食器類。布団。清掃用具。

大型スーパーで、二人でショッピングカートを押している姿は、なんだか本当の新婚夫婦のようだった。

俺は、こんな日々が、ずっとずっと続けばいいと、心からそう感じていた……

そのとき！　携帯電話が音を立てた。

チョンマンからだった。
無視する訳にもいかず、俺は電話をスライドさせた。
「ヨンウン、俺だ！」
やはりチョンマンの声だった。
「どうした」
早く切れ！　心の中で、俺はそう念じた。
「ヨンウン、喜べ！
車を借りれることになったぞ。
今から荷物持ってそっちへ向かう。
待ってろ、直ぐ行くぞ！」
興奮した口調でそう言うなり、奴は電話を切ってしまった。
なにが喜べだ、ばかやろう！
他人《ひと》の恋路を邪魔しやがって……
だが、勿論そんなこと彼には言えない。
第一、俺が今ナニョンと一緒にいること自体、あいつは知らないはずだった。

伝えていないのだから当然である。

もっとも、伝えたところで初心《うぶ》なあいつは、解ってくれないかも知れないが……

きっと性的にも童貞だろうな。

俺も昨日まで童貞だったクセに、一寸ばかり大人びた優越感を、独り味わってみたりした。

「どうしたの」

ナニョンの声に、俺の妄想は掻き消された。

「実は……チョンマンが……」

チョンマンが馬山に向かっている旨を伝えると、ナニョンもやはり、一寸残念そうな顔をしてくれた。

「じゃあ、わたしこれ終わったら帰るね」

ナニョンは気を利かせてそう言った。

違う……君は気を利かせなくていい。

気を利かせるべきは、チョンマンの方なのだ！

だがそんなこと、彼女に伝えられるはずもなく……

「お、おう。
ターミナルまで送るよ」
心とは裏腹に、やっぱり俺はそう言ってしまった。

馬山市外バスターミナル。
別れの時間が、近づいていた。
「また直ぐ来るからね。
寂しくなったら、いつでも電話しろよ」
天安行きの切符を買って、バスが来るのを待つあいだ、ナニョンは俺にそう言った。
「行かないで」、とは言えなかった。
「ありがとうな。
気をつけて帰れよ。
学校生活、頑張ってな」
一寸格好つけて、俺はそんなことを言ってみたりした。
時間になり、バスがターミナルにその姿を現した。

「またね」
そう言って、ナニョンは俺の頬に、軽い口づけをしてくれた。
俺は一瞬、ぽうっとなった。
そのとき、掌になにやら感触を覚えた。
バスのドアが閉まる。
バスはエンジンの音と共に、ナニョンを俺から連れ去って行った。
いつものように、見えなくなるまで、俺は彼女を見送った。
彼女が去ったホームで俺は、さっきの掌に残る感触を確めた。
掌《て》の中には、一万ウォン紙幣が一〇枚ばかりあったのだった。

（注）一ウォンはおよそ〇・一円。一〇万ウォンは日本円で約一万円に相当する。因みに当時（二〇〇七年）の韓国の物価は日本の約⅔程度。

十

ナニョンとほとんど入れ違いのように、助教から借りたという黒のソナタFNを疾駆させ、チョンマンが馬山《マサン》にやって来た。

俺に会いに来てくれた、というのは勿論そうだが、免許取りたてだったあいつは、運転がしたくてウズウズしているように、俺には見えた。

そのとき、俺の馬山行きの話を聴いた。

奴には渡りに船だったのである！

しかし助教も、よくこんな危なっかしい運転初心者に、大事なクルマを貸してくれたな。

韓国人の大らかさというか、適当さというか、〝ケンチャナヨ精神〟のようなものを、俺は見た気がした。

それでも、友遠方より来たる、やはり嬉しくないはずはなかった。

「よく来たな」

俺がそう言うより先に、

「乗れよ！」

助手席を指し、得意気に奴はそう言った。

正直、俺は一寸恐かったが、断る訳にはいかなかった。

俺たちは馬山から眼と鼻の先にある、巨済島《コジェド》という島を目指し、国道五号線を一路南へと走らせた。

チョンマンはハンドルを握ると、人が変わってしまうのだった。

スピード狂の荒くれ運転。

急カーブ。猛烈なるクラクション。

いつもの純朴な好青年の面影は、今の彼からは何処にも見出せなかった。

肝を冷やす瞬間が、一度や二度ではなかった。俺は、奴の車に乗ってしまったことを後悔した……

だが、時すでに遅し。こうなっては、五体満足で馬山に還り着けることを、祈るより外に出来ることはなかった。

「韓先生とは、もう会ったのか」

陶酔の裡に強くアクセルを踏み込みながら、チョンマンは俺にそう訊いた。

「まだだ。

明日にでも宅《うち》に行ってみるつもりだよ」

「俺も一緒に行こう」

そう言うなりチョンマンは、カーステレオのボリュームを最大に上げ、アップテンポな流行歌をアイドル歌手の歌声に合わせ絶唱し始めた。

音程がまるで合っていないのはご愛嬌であった。

車は爆音の裡に、風を切り裂き、闇を駆け抜けた。

やがて俺たちは、巨済島の市《まち》に辿り着いた。

「友よ、呑もう！

大いに呑んで語り明かそう！」

そう言うなりチョンマンは、その辺の路肩に車を停め、勇み足に呑み屋街へと入って行く。

俺は慌ててついて行った。

俺ももう、なんだかどうでも良くなって来た。大丈夫だ。キップ切られたくらいで、死にはしない。

その夜、俺たちは久々に痛飲した。

四軒もハシゴし、へべれげになりながら、俺たちは大いに語り、歌った！

これぞ青春だ！

俺たちは、二度と還らぬ青き時代を、あらん限りに嚙み締めたかった……

太陽との勝負だった。

太陽を引き摺り出すまでは、俺たちの勝負は終わらなかった。

闇を切り裂く、青き燐光……！

そいつが俺たちの別名だった。


「海を見に行くぞ！」

曙色の空に向かって、そう吠えたのは俺だった。
酪酊の裡に、早朝の無人の国道を、俺たちは海岸線へと突っ走った。
岸壁に立ち、俺は遙かなる水平線を睨む。
眼下に、波濤は力強く巌を打ち、白い飛沫《しぶき》と叫びを上げた。
……海だ。
俺の心は、この荒れ狂う大海だ！
俺は、東南方位に立っていた。
玄界灘に、対峙していた。
二本の脚で、「祖国」の土を踏み締めて、遠く日本を臨んでいた。
このとき、俺は、俺なんだと思った。
俺は、何処までも、俺自身なんだと思った。
その〝俺〟というものの根を、何処までも深く、掘ってやろうと決めた。
カメレオンのように韓国に染まり、韓国人に同化するのではない。
尻尾を巻いて日本に帰り、日本人に成り澄まし生きていくのでもない。

「祖国」を知り、自己の裡に「祖国」を復帰した〝真の在日韓国人《パンチョッパリ》〟……！

それこそが目指すべき、本然《ほんねん》の俺の姿なのだと……

そのときはじめて真実《ほんとう》の意味で、「在日」における「祖国」の光復が、始まるのではないのかと……

そして今、俺の心に、ひとつの言葉が浮かび上がった。

祖国回復……！

俺にとっての光復は、その四文字の中にこそ、在るのだと気づいた十八の冬の終わりであった。

第四章　星を数える日々

燃え上がり　焼き尽くしたり　熱き夢
それでも灰に　ならざりしかも

一

時間《とき》が流れた。

周りの景色も、その見え方も、時代《とき》と共に少しずつ変わっていった。

二〇一四年。俺は、二十六歳になっていた。

あれから七年という時の流れの裡に、いくつかの大きな変化を経験したことは、やはり当然のことなのだろう。

その内のいくつかを、今から俺は話そうと思う。

先ず、韓先生が亡くなった。

それは昨年のことだった。

二〇一三年一月三十日。

それが、韓先生の命日だった。

享年、八十六。

大往生といえば、大往生なのだろう。

先生は、死ぬ三日前までピンピンしていた。

死ぬ三日前まで、変わらず俺たちに、稽古をつけて下さった。

いつもの稽古の後、一寸調子が悪いと言って、早目にお休みになったようだった。

それが、俺が先生を見た最後だった。

ご家族の話では、それから昏睡状態に陥り、そのまま、帰らぬ人となった……

先生の葬式は、特別大きくも小さくもなかった。

それなりに多くの人が弔問に訪れたが、韓民族の魂を受け継ぐ究極の武道・圓和道《ウォナド》の創始者にして不世出の達人・韓鳳武《ハンボンム》の葬儀としては、何処か寂しいものを感じずにはいられなかった。

もっとも、そう思っているのも俺とチョンマンの二人きりなのではあったが。

そもそも圓和道は、全く世に知られてはいなかった。

先生のことを、朝鮮戦争時代の〝小さな英雄〟、または往年の俠客として記憶している古い人たちはあったとしても、武道家としての先生を、知っている者は恐らくほとんどいなかった。

圓和道は先生が五十を過ぎてから、整理し、創始された武道であった。

圓和道創始のいきさつを、一度訊いたことがあったが、瞑想の裡に次々と三千人の仙人たちが現れて、武の神髄を教えてくれたと、狐に化かされたような答えが返って来ただけだった。

奥儀は、墓場まで持っていくつもりだったのかも知れない。

結局俺は最後まで、圓和道を真にマスター出来ないまま、先生と永遠のお別れをすることになってしまったのだった。

公式的な葬式とは別に、俺はチョンマンと二人きり、静かに先生を弔った。

韓国式に、先生の写真に大きな礼を二つして、眞露《ジンロ》の安焼酎を三人で呑んだ。

出来れば先生が生きている間に、俺は圓和道を極めたかった。

出来れば先生が元気な内に、俺は圓和道に陽の目を見せてやりたかった。

……だが、それも今は全て、叶わぬ夢となってしまった。

出会った当初、圓和道の普及には、それほど関心がないように見えた先生だったが、俺たちを教えている内にかつての情熱が目を覚ましたのか、最晩年は、「これを僕一人で終わらせては勿体無い……」そんな意味のことを、よく口にするようになっていた。

そんな矢先のことだったのだ……！

俺にとっては、とても早過ぎる死であった。

そのとき俺は、心に誓ったのだった。

絶対に……

圓和道に陽の目を見せてやる、と！

それだけが俺に出来る、先生に対する恩返しだと、今でも俺はそう思っている。

先生は植民地時代に生まれ、満州事変、支那事変、そして大東亜戦争と、戦争の激化の裡に育った。

陸軍少年飛行兵。特攻……の直前に終戦。

祖国の解放、光復を迎えたかと思えば、今度は朝鮮戦争が勃発。創始されたばかりの韓国空軍将校……

先生の青春は、時代に翻弄されながら、戦の裡に消えてしまった。

そして軍部独裁時代には、所謂政治ヤクザとして暗躍し、民主化の波に呑まれるように、今度はスンナリ堅気になった。

考えてみれば先生は、韓国現代史というものを象徴するかの如き人生を生きた。

これを変節という者もあるだろう。

時代への迎合という者もあるだろう。

それでも生き残る為に、先生なりに、必死だったのかも知れない。

それが時代というものだったのかも知れない。

生き抜く為に、必死の時代。

生きることが、生きる目的だった時代。

戦争も、分断も、本当の餓えさえも知らない俺には、先生の人生を総括することなんて出来ない。

本人がどう思っていたのかは、それは本人にしか解らない。

俺には結局、最後までそれを訊くことは出来なかった。

だが、先生に、都合六年最後の時代を仕えた俺に、解ったことがひとつだけあった。

時代に翻弄されながら、時代と共に変化していかざるを得なかった先生にも、八十余年の生涯の裡に、変わらぬものが、ひとつだけあった。

それは勿論、武道であった。

そんな先生の武の核心に、圓和道があったことは、疑いようのない真実であった。

唯それだけで、充分だったのである！

俺は、先生の武道とその魂を、受け継いで生きていくことに決めた……


チョンマンは、大学二年の二学期を終えると、志願して海兵隊に入った。

朝鮮戦争は未だ休戦中。今も徴兵制を敷いている韓国では、男子は満十八歳から三十七歳までの間に、およそ二年間、その身を国家に捧げなければならない。

どうせ行くなら一番強いところに行ってやれ、というあいつらしい理由から、韓国軍最強の組織といわれる、〝泣く子も黙る〟海兵隊へと、男を磨きに行ったのだった。

俺も何度も面会に行ったが、やはり最初の頃は少し辛そうだった。

だが、誠国《ソングク》大学武道学科で充分鍛えられているせいもあり、訓練、人間関係共に、他の連中ほど苦にしているようには見えなかった。

そして二〇一〇年の初夏、あいつは晴れて除隊して来た。

帰って来たチョンマンは、一層逞しくなっているように見えた。

「お前は軍隊行かなくていいのか」

チョンマンに、そう訊かれたことがあった。

結論からいうと、俺は行かなくてよかった。

「在日」を含め、在外国民は徴兵を免除されていた。

韓国人男子の誰もが忌避したい徴兵制度の枠外にいる為、俺は皆から羨まれることも多く、またそれ故に、非国民扱いされることもなくはなかった。

非国民とまではいかないまでも、男の通過儀礼である韓国男子の共通体験「軍隊」を経験していないが故、本当の意味で仲間として、大韓民国国民として、認めて貰えていない、と感じることは日常的にあった。

もしかするとこれも、「在日」と「祖国」の、分断理由のひとつなのかも知れない……

話をチョンマンに戻そう。

勿論チョンマンはそんな事で俺を線引きするような、そんなケツの穴の小さい男ではない。

また、俺たちはそんな薄っぺらな関係ではなかった。

そして、チョンマンの圓和道に賭ける情熱もやはり、二年ばかりの空白などで少しも揺らいではいなかった。

彼は除隊するや否や、休学届けを出したままにして俺と合流。

あのときナニョンが借りてくれた馬山《マサン》の俺のアパートで共同生活を送りながら、韓先生のもとで共に修行の日々を送った。

稽古に明け暮れる俺とチョンマンの馬山生活は、韓先生の最期まで続いた。

そして去年の三月に、あと二年残った大学生活をやり遂げる為、あいつは五年振りに誠国大学へと復学した。

あいつにとって、五年振りの天安《チョナン》だった。

今もチョンマンは、武道学科の最古参として、学生生活最後の一年を頑張っている。

彼はもう四年生である。


そして、もうひとつ。

決して忘れることの出来ない、人生最大ともいえる程の衝撃の事件が、俺にはあった。

最後に話すことになってしまったが、時系列としては、これが一番古い。

馬山と天安。

直線距離二二二キロという物理的障害をすらモノともせず、俺とナニョンはあれから順調に、二人のその愛を育んでいた。

ほぼ毎週、週末ごとに俺たちは馬山や天安、そして彼女の実家のあるソウルなど何処かで落ち合い、幸福の裡に夢の時間を享受していた。

馬山での圓和道修行、といっても先生は道場を持っていなかったので、俺は週に二・三回、先生の宅に伺い、近所の公園などで教えを乞うた。

そしてそれをまた、野外でひたすら反復する。

チョンマンがいれば彼と二人、やはり公園などで稽古した。

公園で組手もよくやった。

近所の人から、喧嘩していると間違えられて、通報されてしまったこともある。

正直にいって、道場がないということは、どうしようもなく不便なことだった。

チョンマンがあれほど、道場再建を叫んでいた理由を、馬山に来てはじめて、俺は実感を以って理解した。

白状するとそれまでは、八十過ぎた先生に、何故に今更道場がいるんだ、と俺はチョンマンの誇大妄想を疑っていた。

今は俺も、チョンマンの考えに百パーセント同意する。

圓和道の普及と発展の為に、道場再建は不可欠である！

……兎に角そんな訳で、稽古時間は自由だったので、喰っていく為のアルバイトさえやっておけば、時間はかなり自由に遣《つか》えた。

だからナニョンと逢うにおいても、時間に不自由したことはほとんどなかった。

もっとも、交通費を捻出する為に、カネに不自由していたことは、紛れもない事実だったのであるが。

そんな訳で俺たちは、ときにはケンカしながらも、楽しい想い出をたくさん作った。

俺は、夢の裡に生きていた……！

光のように煌めいて、夢幻の時間《とき》は矢のように過ぎた。

三年近くが、経とうとしていた。

ナニョンは二十二歳、卒業を控えた大学四年生になっていた。

青春時代を共に生き、三年半もの永い時間《とき》を、俺と過ごしてくれたナニョンを、絶対に、俺はしあわせにしたかった。

経済的な自信は未だなかったが、二十五までにはなんとかなると、若かった俺は、そこまで心配してはいなかった。

否！　それどころか、近い将来、王女でさえも羨むほどの、栄耀栄華を見せてやろうと……！

若さ故かも知れないが、それくらいの自信が、当時の俺にはあったのだった。

俺は、責任を持とうと思っていた。

ナニョンの卒業を待ちながら、卒業と同時に籍を入れようと、俺は本気でそう思っていた。

そんな、秋の終わりの、ある金曜日のことだった。

その日、ナニョンは馬山に来ることになっていた。

その日、俺は決心していた。

俺は、彼女の名前を彫って貰ったゴールドの指輪を後生大事に忍ばせて、寒空に家路を急いでいた。

勿論、指輪は高い物ではなかったが、それでも俺の、土方で稼いだ日当三日分だった。

その金の指輪に、俺はナニョンへの今までの感謝の全てを、そして、これから始まる、二人の永遠の愛の全てを託していた！

指輪は将《まさ》に俺にとって、二人の愛の結晶のようなものだった……


期待と緊張に胸を弾ませながらアパートに帰り着くと、鍵が開いていた。

ナニョンが先に来ているな。

思わず俺は笑顔になった。

胸を躍らせて、俺は部屋の扉を開けた！

……中には、誰もいなかった。

買い物にでも出掛けたのかな。

そう思い靴を脱いで中に入ると、直ぐに気がつく処に……

二人で買った小さなちゃぶ台のその上に、鍵と一緒に、長い手紙が置かれていたのであった……

二

「わたしの大切なヨンウンへ。

今まで本当にありがとう。

そして、本当にごめんなさい。

本当は、会って直接、伝えなければいけないのですが、会えばきっと、きっと言えなくなってしまうので、手紙で失礼いたします。

わたしは、悪い女です。

本当に不可《いけ》ない女です。

あなたの愛を、受ける資格もないわたしを、どうか許してください。

いいえ、許さないでください。

わたしのような女を許さないで、許そうとしないで、どうかあなたは、しあわせになってください。

それでもやっぱり、なにも言わずに去ることも出来ず、ヨンウン、あなたに本当のことを伝えます。

長くなってしまうかも知れませんが、やっぱり書いてみることにします。

……実は、今年の春先くらいから、わたしはずっと悩んでいました。

あなたとのことで。

いいえ、わたし自身の問題です。

全て、わたしの愚かさ故の、ことなのです。

アッパ（パパ）はずっと、やっぱり最後まで、わたしたちのことは反対でした。

週末にも、わたしが家に帰らずに、馬山で過ごすことが増え、アッパは凄く怒っていました。

そんな子に育てた覚えはない、と言われたこともありました。

婚前純潔。

牧師であるアッパにとって、それはとても大切なことでした。

それはわたしも同じです。

純潔に対する教育を、幼い頃から、ずっと受けて来ましたから。

でも、わたしは神様の前に、そしてアッパに対しても、ヨンウンとのことを罪だとは、感じたことはありませんでした。

それは今でも同じです。

本当に愛していたからです。

ヨンウンといるときに、わたしは、真実《ほんとう》の愛を感じていました。

神様をさえ、感じるときがありました。

解って頂けると思いますが、わたしは、誰にでも心を許すような、誰にでも躰《からだ》を許すような、そんな女では決してありません。

ヨンウンと、一生添い遂げるつもりで、覚えていますか、わたしはあのとき、あなたにこの身を任せたのです。

あなたに心を捧げようと、そのときわたしは誓ったのです。

それは今でも、偽りないわたしの真実です。

家族に対しても、わたしは胸を張って、そう主張して来ました。

ずっと、話は平行線でした。

そんなとき……今年の二月の終わり頃、突然アッパが倒れてしまいました。

これは前に、あなたにもお話したことがあったと思います。

アッパは……誰よりも強く大きな、大好きなわたしのアッパは、まともに話をすることも、出来ない身体になってしまいました。

そんなアッパが、わたしに泣いて頼むのでした。

韓国人の、ちゃんとした家の教会の人と結婚してくれ、と。

実はアッパはわたしに内緒で、まだ元気なときに、花婿候補の男の人を、もう決めていたようでした。

向こうの両親とも、もう話を進めているようでした。

わたしも、その人の写真を見せられました。

でも、わたしはその写真を、ろくに見ることもしませんでした。

わたしの愛する男の人は、生涯、あなたお一人なのですから。

わたしには、その人を、愛せる自信がありませんでした。

どうしていいのか解らなくて、わたしは、自ら命を、断ってしまおうかとさえ、思い悩みました。

だけどやっぱり、そうすることは出来ませんでした。

神様の御心《みこころ》を、知っているから。

そしてなにより、ヨンウン、あなたの悲しむ顔を、見たくはなかったから……

わたしは独り、ずっとずっと悩んでいました。

神様に、キリスト様に、わたしは深く祈りました。

御心のままに――祈りの裡に、そんな声を聴きました。

やっぱりこの話は断ろう――わたしはそう決心しました。

苦しくてもいい、貧しくてもいい、わたしの大切な、あなたと共に生きていこうと、わたしは心にそう誓いました。

そんなとき……

先週の、あれは火曜日のことでした。

アッパが、また倒れてしまいました……

そしてアッパは、もう歩くことさえ、出来なくなってしまいました。
わたしはアッパが、とても不憫に感じてしまい……
やっぱりわたしには、両親の願いを裏切ることは、出来ませんでした。
わたしは馬鹿な女です。
わたしは愚かな女です。
結果的に、あなたの心を踏み躙《にじ》ることに、なってしまいました。
許してくれとは言えません。
どうかわたしを、一日も早く、忘れてください。
どうかわたしを、嫌いになってください。
わたしなんかより綺麗な女《ひと》は、たくさんいます。
どうか一日も早くわたしを忘れて、あなたのしあわせを見つけてください。
そしていつまでも、お身体を大切に、お元気でいてください。
あなたの夢がきっと叶いますよう。
いつでもわたしは祈っています。
心から。遠くから。

一方的に、こんな風に終わらせてしまい、本当にごめんなさい……
それでもやっぱり、いつまでもあなたを愛しています。
あなたはわたしの初恋の、そして最後の恋人でした。
ありがとう。
さようなら。

ナニョン」

三

それから一週間、俺は呑み続けた。

呑んで呑まれて酔い潰れ、それでも尚も、また呑んだ。

道に斃《たお》れ、危うく救急車を呼ばれそうになったことさえあった。

酔いの世界の裡にしか、心の置き場はなかったのだ。

否、酔いの世界の裡にすら、心の置き場はなかったのかも知れない。

悲しみを、絶望を、喩《たと》えようもない喪失感を、俺は何処にも捨て去ることが出来なかった。

生まれてはじめて、煙草の味を知ったのもこの頃だった。


三年間、俺は立ち直ることが出来なかった。

ナニョンは俺の天使だった。

ナニョン風の言葉で言うならば、ナニョンと俺との生活は、エデンの花園そのものだった。

全ての夢は死の灰となり、エデンの東のネオンに俺は、刹那の堕天使の饗宴に、溺れてしまったときもある。

それでも俺は、堕ち切ることすら出来なかった。

それは俺が、半端者だからなのだろうか。

そうかも知れない。

だが、それだけでないのは確かなことだ。

それでも捨てられないものが、それでも確固たるものが、俺にはたったひとつだけあった。

言うまでもなく、勿論それは圓和道だった。


それから幾人かの女を知った。

俺なりに、それなりに、精一杯の愛を注いで来たつもりではあった。

だがどれも、長続きしたことは一度もなかった。

理由は、自分ではよく解らなかった。

もしかすると俺は、眼の前にいるその女の裡に、いつもナニョンの面影を、探していたのかも知れなかった。

これは全くの俺の主観に過ぎないが、ナニョンに匹敵する女など、この世に一人としていないのである……！

せめて彼女のしあわせを、祈ることしか出来ない俺は、それでも夜空を眺めては、星を数える夜を重ねた……

あれから四年の時が経ったが、今でも俺は、忘れることが出来ないでいる。ナニョンと暮らした愛の巣の、その抜け殻に今でも俺は棲み続け、あのときのあの金指輪は、今でも心の奥に蔵《しま》う、大切な俺の宝物だった。

四

「バカヤロー！」

その日も俺は、はるばる馬山まで俺を訪ねて来てくれた唯《ただ》一人の友・チョンマンを相手に、浴びるように杯を重ねては未練のクダを巻いていた。

奴と会う度に、いつでも俺はそうだった。

四年間、会う度《たび》ごとに、酒を喰らっては同じ話……

チョンマンは、耳にタコどころの話ではなく、冗談抜きに俺の話を一語一句と違わずに、暗唱できるほどだった。

それでも奴は辛抱強く、絶妙に合いの手までも入れながら、じっと最後まで、いつでも話を聴いてくれていた。

「そうだよな……

わかるよ」

それがチョンマンの、口グセのようにさえなっていた。

お前になにが解るんだ！

内心そう感じながらも、俺はチョンマンが有難かった。

チョンマンからは、もうすぐ二十七歳になろうというのに、相変わらず女っ気ひとつ感じなかった。

カーマニアのチョンマンは、磨き抜かれた自己の愛車を、まるで百年の恋人のように愛していた。

女には、まるで関心がないように見えた。

もしかするとコイツは、ホモなのかも知れない……

そんな疑念さえ、俺に抱かせるほどだった。

もっとも、三年近くの共同生活の時代のうちに、奴が俺を相手にマチガイを犯そうとしたことは、一度もなかったのであるが。

兎に角そんな訳で、未だあのときの愛の終わりの悲劇から立ち直り切れていない俺は、なにをやっても長続きせず、低賃金のアルバイトを転々としていた。

最近では最早働く気もなくなり、仕事もせずに、チョンマンに金を無心しては、その金で呑み歩くような毎日だった。

ただ思い出したように三時間、圓和道《ウォナド》の稽古をやることだけが、日々の日課になっていた。

そんな日々が、韓先生がこの世を去って、チョンマンが天安《チョナン》に戻ってからの、一年余りも続いていた。

そして遂に……

業を煮やし、堪忍袋の緒を切ったチョンマンが、はじめて俺にキレたのだった！
「バカヤロー！
貴様、人生ナメてんじゃねえぞ！
いつもまでもウジウジと、昔の女に縋《すが》りやがって……
テメェは過去にしか生きられねぇような、そんな腐った人間なのか。
どうなんだ、オイ！」
はじめて見せる奴の剣幕とその大喝に、俺は圧倒されてしまった。
「……」
「なんとか言えよ、コノヤロー！」
そう言うや、チョンマンは俺の胸倉を摑み、力任せに俺の頰を搏《う》った！
続け様に、数発…！
鍛え抜かれた奴の拳は、トテツもなく痛かった。
一瞬にして酔いはフッ飛んだ。
俺は、チョンマンの眼を見据えた。
「どうした！

やれよ！
殴り返して来いよ、ホラ！」
煽り立てて来るチョンマンを見ていると、だんだん俺も、腹が立ってきた。
「調子に乗るんじゃねぇ……
この、童貞ヤロー！」
久々に、俺の拳が唸りを上げた！
大きな音と共に、チョンマンは壁までブッ飛んだ……
ハッ！と俺は我に返った……
俺はチョンマンに駆け寄った！
「チョンマン！
しっかりしろ、大丈夫か！」
直ぐに正気を取り戻したチョンマンは、ニヤッと笑ってこう言った。
「……健在じゃねぇか」
何故だか照れてしまい、俺もニヤリと笑い返した。

それから俺たちは、夜の波止場を散歩した。

漆黒の海と対峙して、俺たちはその場に坐り込んだ。

七年前にナニョンと見た、俺のはじめてのあの海だった。

安物のライターを取り出し、俺は煙草に火を点けた。

「やめろよ……」

そう言うなりチョンマンは咥《くわ》えた俺の煙草を取り上げ、そのまま海へ投げ捨ててしまった。

「お前、これからどうするつもりだ」

「……さぁな。

どうにかなるんじゃねぇか」

俺は答えにならない答えを返した。

「稽古は、まだ続けてるんだろう」

「……ああ」

またしばらく沈黙が続く。

俺は、煙草が喫《の》みたい気分を我慢していた。

そのとき、チョンマンが口を開いた。

「大学の、学祭に出てみないか」

奴の提案は突拍子もないことのように聴こえた。

「誠国《ソングク》大のか。

よせよ……」

俺はそう返した。

ナニョンと別れたあのとき以来、誠国大学には一度も行っていない。

もう時効といえば時効だが、それでもなんだかバツが悪かった。

「昔のこと、いつまでも引き摺ってんじゃねぇよ」

チョンマンは透かさずそう言った。

なんだか可笑《おか》しくなってしまい、俺は微苦笑した。

チョンマンは声を立てて笑った。

「決まりだな」

どうやら決まってしまったようだ。

五

二〇一四年五月十三日。火曜。

五年振りの母校にやって来た俺は、学園祭に助っ人として出演することになった。

やったのは勿論、圓和道《ウォナド》。

なんとチョンマンは去年大学に戻るや否や、学内に圓和道のサークルを立ち上げていた。

圓和道のあまりの知名度のなさと、口下手でパフォーマンスの苦手なチョンマンのキャラクターとがネックとなって、最初の一年はチョンマンを除き、部員はたったの一人だったという。

それがどういう訳か、今年は奇跡的に新入生が五人も入部。それで学園祭で演武しようという流れになったのだそうである。

俺は前日に天安《チョナン》入りし、チョンマンと簡単な打ち合わせ、そして動きを合わせた。

演武といっても部員はチョンマン以外、皆初心者だったので、場を持たせる為に、先ずは俺が独り出て型をやり、皆が稽古の成果を見せた後、トリとして再び俺とチョンマンが、本格の圓和道演武をやるという流れであった。

男ばかりの部員の中に、一人女が混じっていた。

李華珉《イファミン》という名の、快活な可愛らしい女の子だった。

日本人と比べ大柄な人間の多い韓国人にしては、背はそれ程高くなかったが、大きな瞳とスッキリとした顎が印象的な、スタイルのいい、リスのような感じの娘であった。

連中、この娘目当てに入部したんだな……

直ぐに俺はそう直感した。

声を掛けようかと思ったが、彼女がチョンマンと凄く親しそうにしているのを見て、やめにした。

チョンマンのやつ、意外とスミに置けねえな、なんてことを思ったりもした。

学祭の演武は成功裡に終わった。

初心者の寄せ集めにしては、充分過ぎるほどの出来だった。

意外なほどの反響があった。

自分で言うのも少し照れるが、特に俺が、際立っていたそうである。

七年間も本格的に、圓和道の稽古に打ち込んで来たのだから当然といえば当然なのだが、それでも当然では済まされない程の反応だった。

「アクションスターみたい！」

そんな声まで耳に届いて、スッカリ俺は気を良くしてしまった。

また同時に、彼等彼女等歳の離れた後輩たちの声援は、あの時以来、自暴自棄になりがちだった俺の心に、もう一度立ち上がる勇気を、与えてくれているような気さえした。

一寸その気になり過ぎだろうか。

そんな有頂天ともいえるほどの高揚の裡に、サークルのかわいい後輩たちに英雄気取りに別れを告げ、意気揚々と俺は馬山《マサン》へ帰って行った。

「示範団《シボムダン》を創って、本格的に活動してみないか！」

チョンマンからそんな連絡を受けたのは、それから直ぐのことだった。

「示範団……

なんのこっちゃ」

訊けばあのとき、学祭でたまたま俺たちの演武を見たという大田市《テジョン》文化財団の担当職員が、六月初旬に開催予定の市の祝祭イベントに、俺たちに是非出演してほしいと仰せとのことだった。

前回の成功にスッカリ気を良くしていた俺は、二つ返事で快諾した。

どうやら謝礼も貰えるらしい。

今何もしていない俺には、それは凄く魅力的だった。

チョンマン曰く、今回は大学の学祭と違い、市主催の本格的なイベントだという。

こっちも本格的な準備が必要だという。

どうせ馬山でなにもすることがないのなら、しばらくこっちに出て来いという。

「寝処《ねどこ》は」、と訊くと、寄宿舎を離れ今は天安《チョナン》市内に自炊しているチョンマンが、「ここで寝泊まりすればいい」、と言う。

確かに奴の言う通り、もう韓先生もナニョンもいない、馬山にいる理由もなくなってしまっていた俺は、今回のその祝祭とやらに、ひとつ懸けてみる気になっていた。

それに、チョンマンといれば働かずとも、キチンキチンと三度のメシにはありつける。

それも俺には、大きな魅力として映った。

失うものなどなにもない。

防御などない俺ではないか……

攻撃こそが人生だ！

俺は、チョンマンがそこまで頼みもしていないにも拘《かかわ》らず、青春の想い出のいっぱい詰まった馬山のアパートを退き払い、ボストンバッグに荷物を詰めて、単身天安に、再び乗り込むことに決めた！

青春の第二章が、ここから始まるんだ……！

俺は復活の手応えを感じていた。

俺の心の情熱は、新たなる闘いに照準を合わせ、五年振りに燃え滾《たぎ》っていた！

六

決心すれば、即行動の俺だった。

五月二十二日。俺は、青春の七年間を過ごした馬山《マサン》を後に、再び天安《チョナン》へと乗り込んだ。

久々に歩く天安の市《まち》は学生だったあの頃と比べ、大きく変わっているように見えた。

俺に景色が違って見える、というだけではない。天安に限ったことではないが、韓国の地方都市はこの七年の間に、大きく近代化を遂げていたのである。

韓国という国は日本に比べ、遙かに変化のスピードが速い。

市《まち》も、社会も、政治も、人も。

八年の韓国生活の裡に抱いた、それが俺の、「祖国」に対する感想だった。

勿論感想は、それだけではなかったが。

俺は少しの感慨に浸りつつ想い出の市を少しブラついた後、迎えに来ていたチョンマンの車に拾われた。

チョンマンは斗井洞《トゥジョンドン》という、二〇〇〇年代の中盤頃から開発された比較的新しい住宅街のような一寸した繁華街のようなところに一人で住んでいた。

韓国の地方都市には、〝新都市〟と呼ばれるこのような新興市街が次々と開発されている。

その斗井洞のチョンマンの室《へや》にひと先ず荷物を下ろすと、早速《さっそく》俺たちは道場へ向かった。

最早学生でもなんでもない俺が、大学の設備のひとつである武道学科の道場に、勝手に入っていいものかと躊躇《とまど》いもなくはなかったが、マァ気にしないことにした。

俺たちが出演予定の大田市《テジョン》の祝祭は、六月六日であった。

あと二週間ばかりしかない。

俺たちは、早速稽古を開始した。

俺は、この演武に突破口を求めていた。

勝つか負けるか、ただそれだけだ。

この日を境に、俺は煙草を止めた。

共に韓先生の許《もと》で学んだ、あの時代が戻ってきたような気持ちだった。チョンマンはもう四年生、授業もほとんどなく、学科の最古参である為にもう軍隊式のあの体育会特有の人間関係に、煩わされることもなかった。

一日平均六時間。

俺たちは圓和道《ウォナド》に明け暮れた。

道場に泊り込み、一日二〇時間もの荒稽古を敢行したことさえあった。

もっともその翌日は、ダルくてダルくてなにも出来なかったのは、言うまでもないことであったが。

二週間のそんな武道中心の生活に、俺は鈍っていた勘も、野生の闘魂をも、徐々に取り戻しつつあった。

そしてなにより、今までの自堕落な生活に荒み切っていた心が、少しずつ、浄化されていくのを感じていた。

時間《とき》は瞬く間に過ぎて行った。

六月六日。大田《テジョン》市西区庁前広場。

特設ステージが設けられ、大掛かりな照明が配されていた。

そして大音響のスピーカー。

広場にはイベントを見物しようと二、三百人ばかりの市民が集まっていた。

陽は落ちようとしていた。


俺たちは出番を待っている。

今回の演武ではエキストラとして、武道学科の若い後輩たち四人をチョンマンは連れて来ていた。

俺の受けを取ってくれる連中である。

客席には、圓和道サークルのメンバーが応援に駆けつけていた。

その中に、やはりファミンちゃんの姿もあった。

チョンマンは、少し照れたような顔をしていた。

やがて、司会者が俺たちを紹介した。

俺は独りステージに上がった。

最初に、俺が韓国伝統音楽の調べに合わせ圓舞《ウォンム》という圓和道の型をベースにした舞いを舞う。

全ての技を圓の原理で表現する圓和道では、基本や型などの動作が優雅に、まるで舞いを舞っているようにさえ見える。

もっとも、その裡に恐るべき力《パワー》を宿しているのは、言うまでもないことなのであるが。

キックボクシングのリング以来、久々のスポットライトを一身に浴びて、少し緊張してしまったが、それでも難なく、俺は無事に圓舞を終えた。

アップテンポに音楽が変わる。

チョンマンの後輩たちによる、派手なアクロバットが始まった。

その間、俺は待機している。

次の出番に備えている。

次はチョンマンとの一対一。空手の約束組手のように、互いに技を掛け合うのである。

カンフー映画の対決シーンを想像して頂ければ、先ず間違いない。

そして最後は一対多！
俺を相手に、後輩四人が掛かって来るというやつである。
俺は連中に、「殺す気で来い！」と言ってある。
本当に殺されたとしても、そいつは俺の自己責任だ。
いつだって俺は、真剣勝負！
命を掛ける気魄がなければ、演武はママゴトに過ぎないのである…！

最後の一人を遣《や》っつけて、大喝采の裡に俺はステージを下りた。
スポットライトは魔物のように、陶酔へと俺を誘い込む。
客席の皆の反応が、一層俺をそうさせた。
皆、眼を輝かせ俺を見ている。
舞台の上ではスーパースター……！
俺は、味を占めてしまったのかも知れない。
まるでブルース・リーにさえ、成れるような夢心地の中にいた……

七

それから俺とチョンマンは、例の後輩四人を入れて「誠国圓和示範団《ソングクウォナシボムダン》」を結成。

韓国全土のあらゆるところで、あらゆる機会を見つけて来ては、圓和道《ウォナド》演武の旅をした。

行く先々で、反応は良かった。

田舎の老人会のようなところですら、終わる頃には拍手喝采なのだった。

俺たちは自信をつけていった。

このまま行けば、韓《ハン》先生の墓前に誓った、圓和道普及とその発展も、夢ではないと思われた！

俺たちはノリにノッていた。

日々の稽古に演武の旅に、週に二回はサークルの指導。

後輩たちも慕ってくれて、俺は指導も楽しくなっていた。

圓和道を教えるということが、現実に、眼に見えるカタチで、圓和道発展の第一歩でもあり、非常なやり甲斐を感じ始めていた。

いつしか俺は、フッ切れていた。

いつしか俺は、立ち直っていた。

圓和道が俺を、絶望の淵から救い上げてくれたのである。

春は行き、夏は夢中で駆け抜けて、実りの秋が深まってゆく。

〝事件〟は、その頃起きたのだった……


「俺に技を掛けてみろ！」

十月の終わり頃だった。

李朝時代を代表する儒学者・李滉《イファン》の故郷であり、当時の農村風景をそのまま遺《のこ》す河回《ハフェ》村《マウル》を有する慶尚北道《キョンサンブット》の道庁所在地・安東《アンドン》市という市《まち》に来ていた。

俺たちはそこで、毎年国内外から延べ百万人の観光客が訪れるという韓国有数の祝祭・

安東タルチュムフェスティバルというイベントに出演。いつものように、圓和道の演武をやっていた。

因みにタルチュムとは、日本の能楽に相当する、朝鮮古典仮面劇のことである。

これもいつものことながら、特設ステージは足場が滑りやり難かったが、それでも難なく公演を終え、俺たちは客席を相手に、飛び入り参加型の圓和道体験のような企画をやっていたのであった。

この企画自体は、チョンマンの立案で演武のあとにやるようになってから、もう二月《ふたつき》ほど経っていた。

要領は完全に把握していた。

だがその日、思わぬ突発事件《ハプニング》が起きたのである……

チョンマンよりは俺の方が、パフォーマンス的話術は上手かったので、在日訛りの韓国語ながら、いつも俺がこの体験企画の司会進行を務めていた。

そしていつものように、俺はマイクで客席に向かい、舞台に上がり実際に圓和道を用いた身体操法を体験する、希望者を募っていたのであった。

そのときである。

「俺を相手にやってみろ！」

英語でなにやらそう喚き、ステージに上がって来たのは、西洋人の大男であった。

男は逆三角形の、筋肉の鎧を身につけていた。

なにかやっているな。

誰の眼にも、一眼でそれと解る風格があった。

男の登場に、当然場内は響《どよめ》いた。

示範団のメンバー全員に、なんともいえぬ緊張が走った。

技が掛からなかったらどうしよう……

多少武道を嗜んだ人なら充分理解出来ることだと思うが、どれだけ修行を積んでいても、自己の体格を遥かに上回る者を相手に、絶対に失敗出来ない局面に立つと、やはり相当の緊張を感じる。

この場合、失敗は絶対に許されないのだ。

失敗——即ち敗北……

それは将《まさ》に、圓和道の名折れである……

俺は韓国語にカタコトの英語、それにジェスチャーまで交え、この外人に先ず技の説明をする。

要するに、体験者が俺の手首を摑む。それを俺が圓和道特有の圓の原理で相手を崩し、直線的な力に頼らず相手の力のベクトルを変え、難なく相手を転がすというものである。

それを、両腕をクルクル廻す圓和道の基本中の基本、回転攻防《フェジョンコンバン》の展開として行うのである。

ハマれば、勿論これは誰にでも出来る。

然し、もし万が一ということがあれば……

ナントカ一通りの説明を終え、先ずは俺がチョンマンを相手に、実演し見本を見せてやる。

男も納得したようだった。

そして次に、俺が男の手首を摑む。

先ず相手にやってもらうのである。

このとき、相手がデタラメに動いても（というより、はじめて体験し習った技を、遣《つか》える人間などいないのであるが）、俺は機を見て転んでやる。

相手は大抵喜んでくれる。

男も面白半分に習ったばかりの技を掛け、俺が転がるとゲラゲラ笑って喜んだ。

そして最後に、今度は俺が同じ技を、男相手に掛けるのである。

「どうぞ」、とばかり微笑を以って俺は男に手を差し出した。

そのとき！

男は一瞬半身を引くや、右のフックを叩き込んで来た！

あまりに一瞬の出来事であった……

……次の瞬間、俺は舞台に大の字になった青い眼の巨人を睨み下ろして、静かに残心を取っていた。

男は気を失っていた。

あまりに一瞬の出来事に、その場に居合わせた者の全てが、一体なにが起こったのか、理解出来なかったに相違ない。

無理もない。それも当然のことだろう。

もしもこの俺が逆の立場でも、解らなかったかも知れないのだから。

少しタネ明かしをしてみよう。
先ず、あの外人が半身を引いた。
それが俺の視界に入った。
俺は「来るな」と直感した。
もっとも、男の醸すその雰囲気で、最初から俺はそれを想定していたのであるが。
そして、男が右半身を引いたということは、男は右利きだということだ。
そうなるとほぼ百パーセントの確率で、飛んで来るのは右のフックかストレート。
試合とは違う実戦において、ジャブで牽制などと考える馬鹿はいないのだ。
前にも言ったかも知れないが、喧嘩は先手必勝である。
俺は相手の右だけに対処すればよかった。
圓和道の基本の技は、回転攻防であることは先に言った。
攻防……つまり、攻撃と防御は一体なのである！
防御が即攻撃であり、攻撃が即ち防御であった。
実はこれが圓和道の、最大の特長のひとつなのである。

俺は、飛んで来た敵の右腕を強打する。

この攻撃的防御により、敵の攻撃は挫かれる。

そのままもう一方の腕で、俺は敵の鎖骨を砕き、返す力で脇腹に当身を入れた。

そして相手の氣が分散したところに、柔道の払い腰に近い投げを打ち、敵の躰《たい》を一回転、そのまま地面に叩きつけたのである！


場内は、暫《しば》し沈黙に包まれていた。

この〝事件〟は、衝撃として受け止められて、やがて小さな波紋を呼んだ。

その場に居合わせた観客の誰かが、その劇的瞬間を撮影し、動画投稿サイトなるものにアップしていたようである。

一時期俺は、一寸した有名人になっていた。

世は既に、スマートフォンの全盛時代であった。

八

俺は、ひとつの絶頂期を迎えていた。
勿論今が絶頂だなどと、俺は思ってはいなかった。
これからだ。
まだまだだ。
もっと、
もっと……
怒濤の如き俺の勢いは、止《とど》まるところを知らなかった。
大学の二学期が終わる十二月十日頃までに、安東《アンドン》の後にも俺たちは、都合五ヶ所で演武をやった。

やればやるほど練度は上がり、それに比例し舞台も大きくなって行く……

俺は手応えを摑んでいた。

圓和道《ウォナド》が陽の目を見るのも、そう遠からぬ日のことだと確信していた。

俺は決して、あのとき韓先生の墓前に立てた、あの誓いを忘れてはいなかった……

今でも俺は十八の冬のあの頃のまま、圓和道に、すべてを捧げて生きる覚悟である！

それに今では同志も増えた。

孤軍奮闘の馬山《マサン》時代を想えば、大いなる進歩。そして、大いなる支えであった。

もっともっと、俺は闘える……

来年はさらなる攻勢を掛ける！


誠国大の道場で、サークルの指導を終えた後、来年の計画を話し合おうと、俺は独りで稽古しながら、チョンマンが来るのを待っていた。

チョンマンは、近頃やけに忙しくしているように見えた。

卒業前だからだろう。

俺は漠然とそんな風に考え、大して気に留めてはいなかった。

一時間ほどして、忙《せわ》しなくチョンマンが入って来た。

「ワリィ、遅れたな」

そう言ってチョンマンは、道場の隅に荷物を下ろした。

チョンマンの姿を認めると、俺は稽古を止《や》め、校舎の入口付近にある自販機まで行って、缶珈琲を買って来てやった。

二本のうちの一本をチョンマンに手渡し、二人で缶珈琲を飲みながら、しばし他愛もない雑談をした。

それから俺は、本題を切り出すことにした。

……意外にも、チョンマンは煮え切らぬ反応だった。

彼は伏し眼がちだった。

俺は、チョンマンの反応が遅緩《もどかし》かった……！

「もっと真剣に聴いてくれよ！

今やっと軌道に乗りそうなところじゃねぇか。

俺たち、これからじゃんかよ！」
押しても引いても埒《らち》が明かず、とうとう俺は声を荒げた。
「……」
チョンマンは黙ったままだった。
「黙ってちゃわかんねぇよ！
言いたいことがあるならハッキリ言ってくれよ！」
俺はチョンマンを問い詰める。
「……いや。
大したことじゃない……」
「大したことじゃねぇなら言えよ！」
真剣そのものの眼差しをもって、俺はチョンマンの眼を見据えた。
二人の間に、暫《しば》し沈黙の時間《とき》が流れた。
「……一体どうしたよ。
俺、何聴いても驚かねぇから……」
手を変えて、俺は諭すようにやさしくそう言った。

チョンマンは澄まなそうな顔をして、俺の眼を見ずにこう言った。

「……俺、結婚するんだ」

あまりに唐突な彼の言葉に、俺は一瞬、どう反応すればいいのか解らなかった。

「……え。

あ……そうなのか。

おめでとう……」

そう言いながら、それが今の俺にとってチットモめでたくない事だ、ということに俺は気付いてしまった。

チョンマンは辛そうな顔で続けた。

「実は……就職も内定している。

言い出せなくて……ごめん……」

チョンマンは眼に涙を浮かべていた。

俺は、なにも言うことが出来なかった……！

もう子供ではないのだから、それがなにを意味するのかは、解り過ぎるくらいに解っている。

だが、なにを言えばいいのか解らない。

もうなにも、俺は言うべき言葉を持たなかった。

「ヨンウン……ごめんな……

韓先生も、示範団《シボムダン》も……

俺の方から誘ったのに……！」

チョンマンは、男のくせに泣いていた。

「ばかやろう……

めでてぇじゃねぇかよ……

泣くな、ばかやろう……」

そう言いながら、俺の頬にも涙が伝うのを感じていた。

「今まで、ありがとうな……」

そう言うのが、俺には精一杯だった。

独りになりたくて、チョンマンを残し、俺は道場を後にした。

校舎を出、澄んだ空気を吸い込んで、冬の夜空を見上げながら、俺は大きく息を吐いた。

遠くに煌《きら》めく星々を、知らぬ間に俺は数えていた。

止め処《ど》なく、涙が溢れて来るのを知った。

上昇の裡にあるかに見えた俺の夢への計画の全ては、音も立てずに静かに消えて去ろうとしていた。

短かった俺の絶頂は、俺を再び生き還らせた第二の俺の青春は、はやくも終わりを迎えようとしていた。

本当の友のしあわせを、祝ってやれない自分が悲しかった。

その日俺は、チョンマンのアパートへは帰らなかった。

九

チョンマンの婚約者《フィアンセ》は、圓和道サークルのファミンちゃんだった。

昨年からいた唯一の部員である彼女は、その年カナダ留学から帰って来たという英文学科の四年生だった。

幼く見える天真爛漫な彼女を俺は、二十歳《はたち》前後の二年生だとばかりずっと思っていた。

彼女が四年だと知ったのは、ほんの最近になってのことだった。

それは俺がチョンマンに遠慮して、彼女とほとんど個人的な会話を交わさなかったせいでもあるが。

だがそれにしてもチョンマンが、奥手なやつだとばかり思っていたチョンマンが、彼女とそんな関係にまでなっていたなんて……

半年間、ひとつ屋根の下に暮らしながら、俺はなにひとつ、チョンマンのことを知らなかったのだ。

それはきっと本当の意味で、俺がチョンマンを見ていなかったせいなのだろう。

やつの心を、考えても見なかったせいなのだろう。

俺にとってのチョンマンは、一体どういう存在だったのだろう。

チョンマンにとっての俺は、一体どういう存在だったのだろう。

……考えてみれば俺はあいつに、最後まで世話になり放しだった。

一体あいつに、俺はなにをしてあげたのだろうか。

一体あいつに、俺はなにを遺《のこ》したのだろうか。

就職のことも、あいつは俺が問い質すまで、なにひとつ口にしなかった。

……もしかするとそれがあいつなりの、俺に対する、思いやりのつもりだったのかも知れない。

言い出し辛かったのも、きっとあるだろう。

結婚も、就職も、あいつの方から、言ってほしかった。

俺は、唯一本当の友と呼べる男のことを、真実《ほんとう》の意味において、最後までなにひとつ知らなかったのである……！

チョンマンが誠国《ソングク》大を去ってしまっては、俺が天安《チョナン》にいる理由も、なにひとつなくなってしまうだろう。

「誠国圓和示範団《ソングクウォナシボムダン》」を今後どうしていくつもりか、一応チョンマンの後輩たちにも訊いてはみたが、冷たい反応が返って来ただけだった。

「俺たちはチョンマン先輩の手助けをしたのであって、あんたの引き立て役になるつもりはない！」

そう言っている風に、俺には聴こえた。

サークルの方も、部員たちは皆ファミン目当てに所属している子たちだった。やさしく面倒見のいい部長チョンマンも、サークルのアイドル・ファミンも卒業してしまっては、雲散霧消してしまうに相違ない。

それに、素人ばかり掻き集めたところで、一体なにが出来るというんだ。

チョンマンが圓和道を、これからも続けていくつもりかどうかは知らないが、仕事も家庭も持つ身となると、もう今までのようにはいかないだろう。

俺はてっきり、チョンマンも俺と同じように、圓和道に全てを捧げるつもりだとばかり思っていた。

それが、男というものだから……

だが、そんな青臭い青春論など、生活という名の現実の前に、如何に無力かということくらい、俺にも解っていた筈じゃないか！

きっと解っていた筈だ……

解っていながら眼を背け、いつまでも俺は、昔の夢に生きているのか……

しかし、その現実というやつを認めると、十八の頃吐いた俺の言葉は、あの頃立てた俺の誓いは、全てが嘘ッパチになってしまう……！

……出来ない。

……そんなこと俺に出来はしない！


——世界一の武道家になってね——


十年近くも昔になった、あのときのナニョンのあの言葉……

その声は今でも俺の心に、克明に刻み込まれていた。

未《ま》だその声は俺にとって、過去となってはいなかった……

ナニョンが俺から去ってしまっても、俺の心の中にナニョンは、変わらずにずっとあのときのまま……

……逢いたい。

……ナニョンに逢いたい。

それが叶わぬ夢だとしても、あのときのナニョンのあの言葉に、ナニョンが愛したあの日の俺に、恥じないように、俺は生きたい……

せめてもそれが彼女に対する、俺の精一杯なのだから……

俺は、俺を捨て去ることなど出来ないのだ！

十

俺は、何処にも行くところがなくなった。

俺は、何処にもいるところがなくなった。

早や十年になろうとする「祖国」韓国での暮らしに俺は、一体なにを摑み、なにを得ることが出来たのだろうか……

魂の道しるべであった恩師・韓先生は最早この世になく、永遠の愛を誓い合ったはずのナニョンは遠い過去へと消え去っていた。

そして、最後の心の砦であった友チョンマンも、俺とは別の道を行く新たなる門出へと旅立って行く。

無情にも青春は夢の岸辺に俺だけを残し、急ぎ足に過ぎ去ろうとしていた。

夢の終わりに、最後に俺が摑んだものは、儚さだけだったのだろうか……

年が明け、春が来るのを待ち行われたチョンマンの結婚式からの帰り路、そんなことなど考えながら、俺は黙ってバスに乗っていた。

卒業後チョンマンは、故郷慶尚南道《キョンサンナムド》の大都市・釜山《プサン》にて、地元資本の中堅企業に就職した。

そして就職と同時に新婚生活をスタートさせたのである。

闇の向こうの明日を目指し、共に青春を駆け抜けた同志の、人間的な、あまりに人間的な終点であるように俺には感じた。

もっとも、きっとチョンマンが正常なのに相違ない。

ごくありふれた常識人の、常識という範疇《はんちゅう》に於《お》いて青春であったのであり、その常識的帰結としての、常識的な正常人生を、常識的に彼は選択しただけのことなのだろう。

寂寥《せきりょう》をもってそれを見送らざるを得ぬ、俺が異常というだけのことなのだ。

俺は最早、昔の夢の亡霊になってしまったのだろうか。

逃げても逃げても追い駆けて来る昔日《せきじつ》の夢の亡者どもが、俺の手足に縋《すが》りつき、俺を囚《とら》えて離さないのだ……！

俺は未《ま》だ、燃え尽きてなどいなかった。

俺は未だ、灰になどなってはいなかった。

圓和道……圓和道……圓和道……

たとえこの身が砕けようとも、圓和道に陽の目を見せるまで、たとえ行く手が死の谷だとて、俺は、最期の瞬間《とき》まで戦い抜かん！

たとえその先に待つものが、虚無の更地であったとしても……


バスは首都ソウルへと向かっていた。

「誠国圓和《ソングクウォナ》示範団《シボンダン》」が終焉を迎え、それでも圓和道発展の為に、一体何が、今の俺に出来るのかを考えた。

「再びリングに上ろうか」、という考えも浮かんだ。

だが、今年で俺も二十七歳になる。

一部の例外を除き、遅くても三十までに引退するのが通常の格闘技の世界において、この歳からの再挑戦に正直俺は、そこまでの意味を見出せなくなっていた。

俺の青春時代でもある二〇〇〇年代に全盛だった格闘技ブームも、とっくの昔に終わっていた。

昔と違い、大試合のテレビ中継がある訳でもなかった。

それは今の俺にとって、再びリングで戦うことの無意味を意味していた。

誇張でもなんでもなく、かつての力道山や猪木のような〝英雄〟になる可能性を見出せない限り、見世物として闘うことに今の俺は何らの価値をも付与することは出来なかった。

俺にとっての闘う理由は、圓和道の普及とその発展以外、何処にも存在しはしないのだから……

そしてもう一つ、決して小さくはない障害があった。武術とスポーツの違いがそれである。

実戦武術である圓和道に、規則《ルール》などは存在しない。

そして全ての競技格闘技はスポーツであり、スポーツには必ず、その規則《ルール》が存在する。

つまり俺が再びリングに上がり、グローブをはめて闘えば、俺は実質の意味に於いて圓和道を駆使することは出来なくなってしまうのである……！

キックボクシングの規則《ルール》に則りキックボクシングをするならば、キックボクサーにならなければならないのだ。

俺は最早キックボクサーではない。

俺は圓和道家である。

キックボクサーに再転向することに、俺は何らの意味をも、見出すことは出来なかった……

小さいながらも道場を開き、そこで子供たちを指導しながら地道に圓和道を普及させていく、という方法もあるだろう。

恐らく一般にほとんどの人は、現実的にその方法を執《と》るに相違ない。

だが一言で言って、それは俺の性に合わなかった。

それに、俺の今までの経験から現実的に判断したとき、「在日」に大事な我が子を預ける親など、韓国には存在しないだろう、と思われた。

ましてや知名度皆無の、圓和道……

それを俺から、ワザワザ金を出して習おうとする人間が沢山いるとは、どう考えても思えない。

それでは昔の極真のように、圓和道が陽の目を見ることなどは、遙かなる夢のまた夢である……

他に方法がないではないか！

そう思うかも知れない。

無理からぬことだ。

……だが、俺には最後の方法が、俺には俺のやり方があった。

俺は、アクションスターになろうと決めた！

示範団時代の感触から、これはいける！　と踏んでいたのだ。

無謀というかも知れないが、どうせ人生一度きり！

映画の世界に、俺は圓和道興隆の、活路を見出そうとしていたのである！

俺は車窓に眼をやっていた。

そのときスマートフォンが音を立て、メールの受信を俺に知らせた。

何気なく、俺はスマホの画面を確認した。

送信者の名を読み、思わず俺は眼を疑った……

なんとメールの差出人は、俺の心の最奥の、遙かなる追憶の裡に棲む、金蘭栄《キムナニョン》その女《ひと》だったのである！

第五章　荒野の向こう側

単騎駆く　光復の日は　あまりに近し
光復の日は　あまりに遠し

一

光復

1. 復興すること。かつての栄光を取り戻すこと。

2. 割譲・譲渡された地域や主権を再び取り戻すこと。

3．大韓民国に於いては、日本の朝鮮統治の終焉、大日本帝国からの三十六年六ヶ月に及ぶ植民地支配からの解放のことを指す。日本の終戦記念日でもある八月十五日を、韓国では光復節といい、国慶日（祝日）として法的に定めている。

果たして本当に、「祖国」朝鮮は、韓国は「光復」を迎えたといえるのだろうか。

統治主体が、主人が日本からアメリカに、変わっただけの話ではないのか。

それも真っ二つに分断されて……

北の空では同胞たちが、日帝時代より遙かに酷い抑圧と飢餓の塗炭の苦しみに、野太打ち廻っているというのに……

俺には韓国政府のいう「光復」というものが、巨大な欺瞞の象徴のようにすら思えてならない。

こんなことを思う奴は、非国民なのだろうか。

別に、それならそうで構わない。

「在日」に眼を向けてみると、どうだろう。

「在日」は果たして、「光復」を迎えたと言えるだろうか。

失われた「祖国」を、自己の裡に回復したと、果たして言うことが出来るだろうか。

日本帝国に軍事権を握られ、外交権を奪われた乙巳《ウルサ》条約から数えて四十年、植民地統治は終わりを迎え、それからもうすぐ一世紀が経とうとしている今日、果たして「在日」は本当に、日本からの独立を勝ち取ったといえるのだろうか。

自己の裡の「祖国」を解放し、自らの裡に「光復」の日を迎えたと、胸を張って言うことが出来るだろうか。

勿論その答えは、人それぞれで違うだろうが……


果たして俺はどうなのだろう。

「在日」三世として生まれ、日本で十八年、韓国で十年生きてきた。

果たして俺は「祖国」の裡に、自己のルーツを、探し当てることが出来ただろうか。

俺の心の「祖国」を俺は、解放出来たと言えるだろうか。

俺は「光復」の日を迎えたと、心から言うことが出来るだろうか。

俺にとっての「光復」とは、一体なんのことだろう……

「祖国」韓国での生活も、今年で十年目を迎えようとしていた。

二〇一五年。二十七歳。

再び俺は、「祖国回復」について、考え込むことが多くなっていた。

二

ナニョンから来た突然のメールには、驚いたけどやはり凄く嬉しかった。

彼女が俺のことを、覚えていてくれたということだけで。

俺は今でもナニョンのことを、片時も忘れられないでいた。

あれから何年経とうとも、俺は今でも鮮明に、美しかったあの日々を、昨日のことのように覚えていた。

彼女の残り香を胸に抱き、独りで泣いた日もあった。

逸《はや》る気持ちを抑えつつ、俺はナニョンに返事を打った。

しかし、ナニョンからの返信は、何故だか返って来なかった……


一日千秋の想いを胸に、俺はナニョンの返事を待った。

二日間、返事は来なかった。

三日目に、意を決し俺は電話を掛けた。

……長い呼び出し音のあと、留守番電話へと接続された。

時間を置いて、何度か俺は電話を掛けた。

何回目かに、電話はやっと繋がった。

「ヨボセヨ（もしもし）」

……ほとんど六年振りに聴く、変わらぬナニョンの声だった。

その声を聴けただけで、込み上げて来る熱いなにかを、俺は感じずにはいられなかった。

「……俺。

久し振り」

「……うん、久しぶり。

ごめんね、電話出れなくて……」

そんな意味のことを、ナニョンは言っていた。

「元気に、してるのか」

「……うん。

元気だよ……」

そう言ったナニョンの声は、少し疲れているように聴こえた。

なにかあったんだな……

俺は、そう感じずにはいられなかった。

それからしばらく、取り留めもない話をした。

〝あのあと〟のことには、どちらからも触れなかった。

「ごめん、仕事だからそろそろ切るね」

一〇分ばかり話した後、ナニョンが言った。
「ヨンウンも、元気そうでよかった。
電話してくれてありがとう。
またね……」
ナニョンがそう言いかけたとき、急いで俺は言葉を繋いだ。
「あのさ……
よかったら……
近いうちに一寸会わないか」
一瞬、会話が止まった。
やはり〝あのあと〟、ナニョンは結婚したのだろうか……
俺は、会おうと言ってしまったことを、少し後悔していた。
「……いいよ！
いつにする」
俺の方から誘ったくせに、ナニョンの返事に、俺は一寸意外なものを感じていた……

一週間後、俺たちはソウル市南東の、江東区庁駅《カンドンクチョン》で待ち合わせることにした。

ナニョンの実家の最寄り駅であった。

春先の空はまだ寒かったが、俺は三時間も早く待ち合わせ場所に着き、駅の周辺を少し歩きながら、時間《とき》が来るのを待っていた。

やがて、期待と緊張の長い時間《とき》が行き、駅頭にナニョンが姿を見せた。

六年振りに逢ったナニョンは、思っていたほど、変わってはいないように見えた。

俺は、少し照れながら挨拶をした。

ナニョンは、昔と変わらぬ様子で俺に挨拶を返した。

俺たちは、駅の直ぐ近くのサテンに入ることにした。


会って話をしていると、直ぐに俺たちは昔のように打ち溶けた。

〝あのあと〟の俺の人生を、一寸背伸びした誇張も交え、精一杯に俺は伝えた。

特に示範団《シボムダン》時代のことを……

俺はナニョンに、褒めて貰いたかったのだ。

ナニョンなしでも懸命に、生きて来た俺のこの六年間を……！

それから、俺はナニョンの〝あのあと〟を訊いた。

ナニョンは、あまり答えたがらなかった……

話し振りから察するに、〝あのあと〟ナニョンの人生は、あまり上手くは行かなかったようだった。

俺は、敢えてそれ以上訊くのを止めた。

話を変えようと、俺は共通の話題を探した。

自然、昔の話が多かった。

美しかった白の時代。

二人は遠い追憶を、眼を細め見詰めていたのかも知れない……

甘く切ない美しき日々は、翼を持ち、記憶の中を駆け巡った。

俺には、これは夢かと思われた。

夢なら、醒めないでくれ……刹那に俺は、そんな祈りを捧げていた。

陽は落ちかけていた。

珈琲一杯で、俺たちは三時間も店にいた。

「ハラ減ったな。

　メシでも喰うか」

　俺はナニョンにそう訊いた。

「ごめん、約束あるんだ……」

　ナニョンは俺にそう答えた。

「そっか……」

　俺たちは席を立ち、その喫茶店を後にした。


　ナニョンは駅から、歩いて帰ると言った。

　交差点まで、俺はナニョンを見送った。

　去りゆく彼女の後ろ姿に、どこか寂し気なものを俺は感じた。

　ナニョンは努めて俺の前で、明るく振る舞おうとしてくれたのだろうか。

　ナニョンは無理にも俺の前で、昔の彼女を、演じようとしてくれたのだろうか。

　ふと、俺はそう感じてしまった……

　そういえば、次に会う約束もしなかった。

ナニョンはどうして、突然俺と会う気になったんだろう。

そしてどうして、次に会う約束もせず、去って行ってしまったんだろう……

帰りのバスの中で、俺はずっと考えていた。

あのときのあの金指輪は、捨て切れず今も俺の室《へや》にあり、今でも変わらず俺の心に、変わらぬ輝きを放ち続けていた。

三

その頃、俺はソウルに棲んでいた。

考試院《コシウォン》と呼ばれる、窓のない一坪の独房のような室《へや》に。

勿論、建築法違反であるが、住宅難のソウルにおいて、苦学生やその日暮らしの労務者が住めるところは他になく、考試院はソウル各地に林立していた。

日本でこのテの住宅を、俺は見たことが無い。強いて言うなら、釜ヶ崎や山谷のいわゆるドヤが、一番近いと言えるだろうか。

お世辞にも快適だとは言えないが、俺も多くの首都貧民たちと同様に、選択肢は他になかったのだ。

便所は共同。便所のすぐ隣に、小さなシャワー室が付いていた。シャワールームが小便臭いことはいうまでもない。

そんな、大都会の最底辺に棲みながら、虎視眈々と、俺は明日を睨んでいた……！

アクション俳優としての成功に、圓和道《ウォナド》発展の最後の希望《のぞみ》を託していることは前に言った。

それも、俺のやり方で。

ソウルに着いて先ずはじめに、俺は映画製作の勉強を始めた。

同時進行で演技も習った。

だが、正直に言って（というか、習いに行った俳優養成所で、初日にそこの社長という男に言われたことなのでもあるが）、在日訛りの俺の韓国語では、役者としての成功は、あまりに非現実的だった。

そんなことははじめから解り切った話だった。普通の役者として、だけならば。

俺のアクションと気魄を見れば、誰もがド肝を抜くに相違ない。

だが……！

それくらいの自信が、俺にはあった。

オーディションを百万回受けたところで、「在日」の俺を主役になど、誰も使ってはくれないだろう。

せいぜい時代劇の、悪役日本人を演《や》らされるのが関の山だ。

俺は、そんなモノには何の興味もないのである。

自分でアクション映画を作って売り込もう——はじめから俺は、そう計画を立てていた。

そして、奴等のド肝を抜いてやる……！

十歳近くも年下の、若い映画青年たちに混じり、俺はB級映画監督の主催する映画製作ワークショップで、三カ月ばかり映画製作のイロハを学んだ。

それから現場のスタッフを少しやった。

そのほとんどは、頼み込んで無給で参加した。

生活の為も半分あって、台詞のないエキストラとして、映画に出演したこともあった。

その間に、俺は独りで黙々と、暇さえあれば脚本を、書いて、書いて、書きまくった！

圓和道を主題にしたものが多かったが、そうでないものもいくつか書いた。

俺は最後の青春を、この世界で焼き尽くすつもりであった……！


映画製作を習いはじめて半年後に、俺は最初の映画を作った。

短編映画ではあったが、脚本・監督・主演の全てを、俺は独りでやり切った！

『相和《サンファ》』という題《タイトル》の、タルチュムと武術アクションの融合を試みた、俺なりの実験作だった。

因みに相和《サンファ》とは圓和道の、韓《ハン》先生の武道精神を表した言葉である。

相生と相克を繋ぐもの、即ち、生と死を連結主管するもの、という意味の、韓先生の造語であった。

俺は、韓先生の霊前に、我が処女作を捧げんという意味を込め、第一弾として〝圓和アクション短編史劇〟『相和』を作ったのだった！

製作準備段階に、無謀だという声を何度も聴いた。

一般に、先ずはスタッフを何年かやって、助監督をやりノウハウを覚える。

それから満を持して監督と、ひとつずつ段階を踏め、というのであった。

勿論、普通はそうするべきだ。

だが、俺にはそんな悠長な時間はない。

圓和道発展を目的としたとき、俺が現役選手として闘える時間は、もうそれほど多くは残されていないのである……！

それに、普通の奴等とは根性が違う。

懸け、背負っているものの重みが、この胸に宿る闘魂が、圧倒的に違うのである！

映画を学んで僅か半年、ましてや「祖国」で「在日」の俺が、『相和』を作り切ったとき、周りのほとんど全ての者が、俺のその行動力に驚いていた。

だが、俺には不思議でもなんでもなかった。

諸君、思い出して見給え。

俺は前にも言ったではないか。

非常識的な行動を、敢えて成し得る勇気がなければ、革命的な結果など、絶対に生まれるはずなどないのである！

……あのときナニョンと再会してから、処女作『相和』を撮り終えるまでの半年間に、何度か俺は、ナニョンに連絡を試みた。

だが、何度電話を掛けたところで、彼女が電話に出ることはなかった。

あのとき俺と逢ったのは、あいつの一時の、ほんの気紛れだったのだろうか。

それともあれは俺の見た、夢の終わりの残像に過ぎなかったのであろうか。

ナニョンはあのとき、何の為に……

結局答えなど解らないまま、月日に忙殺される裡、いつしか俺は忘れ掛けていた。

それから半月ほど経った、ある秋の日の夜だった。

あまりにもまた突然に、俺の携帯電話が鳴った。

電話口の向こうでナニョンは、ひどく酔っているようだった……

四

「何処にいるんだ……！

直ぐ向かうから待ってろ！」

そう言って電話を切るなり、四十秒で支度を済ませ、俺は室《へや》を飛び出した！

流しのタクシーに飛び乗った！

「梨泰院《イテウォン》！」

運チャンに、強い口調でそう言った！

「アメリカン・ゲットー」と渾名《あだな》される梨泰院は、隣接する在韓米軍龍山《ヨンサン》基地に駐屯する
GI連中相手の歓楽街として栄える街だ。

米兵以外にも多くの外国人、そして韓国人男女が酒を求め、踊りを求め、刹那の快楽の夢を求め訪れる。

国籍不明の雑踏に、いつもゴッタ返している眠らぬ街である。

因みに現在《いま》の米軍龍山基地にはその昔、帝国陸軍朝鮮軍司令部が置かれていたという。

兎に角その梨泰院に、ナニョンがいるというのであった……！


梨泰院にほとんどはじめて来た俺は、グーグルマップなるものを頼りに店を探した。

ナニョンの言っていた店は、オープンテラスの呑み屋であった。

終電近いにも拘《かかわ》らず、店は異邦人たちで賑わっていた。

満席の店内に、俺はナニョンの姿を認めた。

俺に気付いたナニョンの眼は、焦点が定まっていなかった……

顔は真っ赤に上気していた。

ひと先ず落ち着かせようとして、俺はボーイに水を頼んだ。

ナニョンは呂律の廻らない言葉で、ずっとなにかを話し続けた。

俺はほとんど聴き取れなかったが、それでもずっと聴いていた。
「家の人、心配してるんじゃないか」
とは言えなかった。
仕方なく、俺もナニョンと一緒に呑んだ。
透明なグラスの向こう側に、一体俺はなにを見て、なにを求めているのだろう……
ナニョンがトイレに立ったとき、独り俺は、ふとそんなことを考えていた。

十分経ち、十五分経っても、ナニョンは帰って来なかった。
少し心配になった俺は、様子を見に行こうと立ち上がった。
……一瞬、グラリと来た。
俺も相当酔ったのかな、と思った。
千鳥足で店の奥へと歩いて行った。
だが、ナニョンは何処にもいなかった。
まさか女子便所にまで入る訳にもいかない。
直《じ》きに出て来るだろうと思い、取り敢えず俺は、一旦席に戻ることにした。

席に向かって歩いていると、突然……店の雑踏を切り裂いて、けたたましい女の喚き声が聴こえた……！

俺は、声のする方へ眼をやった。

……なんと声の主はナニョンであった。

柄《がら》の大きな米兵二人が、ナニョンに付き纏《まと》い離そうとしない様子であった。

俺はナニョンに歩み寄った。

ナニョンを席に連れ帰ろうと、俺は彼女の肩に手を掛けた。

そのとき、米兵が俺の手をナニョンの肩から払いのけた。

巨人の如き米兵どもは、眼下に俺を見下ろして、東洋人を罵る言葉を口汚く英語で吐き出した。

奴等の息は臭かった。

何故だか俺は、奴等を見上げニヤリと笑った。

米兵は身構えようとした。

俺はフワリと、その一人の眼前に手を伸ばした。

男が俺の掌《て》を認めた瞬間……

もう一方の俺の拳は、そいつの明智《みぞおち》にメリ込んでいた……！

男は一瞬悶えた後に、ゲロを上げ、その場に蹲《うずくま》り、そして最後に気を失った。

あとに残った男を俺は、睨みつけ、顎で「行け」と合図した。

男は静かにその場を去った。

……騒ぎになっては面倒だ。

金を置き、俺たちは逃げるように店を後にした。

とっくに電車はなくなっていた。

「帰れるか」

一寸心配ではあったが、車を拾ってやろうと思い、俺はナニョンにそう訊いた。

「……帰りたくない」

ナニョンは俺に、訴えるような眼でそう言った。

そのとき彼女の瞳の奥に、俺は言いようもないさみしさを見た。

「……」

俺は、やさしくナニョンを抱き寄せた。

何故だか涙が溢れそうになった。

俺は、強くナニョンを抱きしめた……！

考試院《コシウォン》暮らしの俺にとっては、少し値が張ったのは事実だが、俺たちは梨泰院のランドマーク・ハミルトンホテルに泊まることにした。

……どうしても俺はナニョンを連れて、ラブホテルなどへ、行きたくはなかったのである。

俺はなけなしの金でチェックインを済ませた。二人で七階の室へと昇った。

酩酊の裡にナニョンは、窓外に市《まち》の夜景を眺めながら、「死にたい……」と独り言のように呟いていた……

五

俺の知らない六年のうちに、ナニョンは大人になっていた……
かなしいほどに、彼女は上手かった。
妖艶なる彼女の躰《からだ》に俺は、彼女の心を探し求めた。
俺が求めていたものは、昔のままの君だったのだ……！

ことの終わりに、ナニョンは紫煙を燻《くゆ》らせていた。
もう大分、酔いは醒めているようだった。
裸のままで、俺はナニョンの隣に坐った。

「貰うぞ」

そう言って、俺は箱の中の一本を抜き取った。

俺は、一年半振りの煙草を喫《の》んだ。

軽い覚醒の裡に、俺は青い煙の行方を見ていた。

本当に俺が見たかったものは、一体なんだったのだろうか……

……突然、俺の隣に裸で坐る今のナニョンを、堪らなく、俺は愛惜《いとお》しく感じた。

煙草を消し、俺はナニョンを激しく抱いた……！

「またやるの」

ナニョンは俺の顔を見て、悪戯っぽい微笑を見せた。

ばかやろう……

そんな俗なこと言うなよ……

俺の心はそう叫んでいた……！

夜が白むまで、二人は一睡もしなかった。

重なり合い、燃え上がる肉体の裡に二人は、やがてなにかを、見付けることができただろうか。

橙色《オレンジ》の太陽に抱かれ、いつしか二人は、重なり合ったまま眠っていた……

チェックアウトの時刻を告げる無機質の機械音に、束の間の微睡《まどろ》みは破られた。

シャワーを浴び、チェックアウトを済ませた俺たちは、遅い朝食を共にした。

ナニョンと朝を迎えるのは、もう何年振りのことだろうか。

熱い珈琲を啜《すす》りながら、俺はなんだか不思議な気持ちになっていた。

過去と、現在と、追憶と現実とが錯綜したような不思議の世界……

その中に俺は、必死に未来を、探そうとしていたのかも知れない……

せめて綺麗な想い出だけを……そんな風に思う奴もあるかも知れない。

だが、そんな風に、俺は決して思いたくはなかった。

せめて現在《いま》を、やさしく抱きしめてあげたかった。

それだけが現在《いま》の俺に出来る、ナニョンに対する、精一杯の愛なのだから……

なにがあったのかは知らないが、どんなあいつになろうとも、俺の心の中でナニョンは、いつまでも俺の、永遠の天使なのだから……！

俺は、今は未《ま》だ名状し難いなにかを、心に誓おうとしていたのかも知れない。

俺は一息に、冷めてしまった珈琲を飲み干した。


それから二人で映画を観て、漢南洞《ハンナンドン》を少し歩いた。

実を言うと、俺は朝からバイトがあったが、そんなことなどどうでも良かった。

クビになったって知るものか。

今俺の傍にいるこの女《ひと》が、バイトなどより、俺にはずっと大切だった。

仕事など、また探せばいい。

代わりの仕事などいくらでもある。

だが、俺にとっての金蘭栄《キムナニョン》は、この世に代わりなどいない、かけがえのない、俺の太陽なのである！

彼女のために、何処までも彼女のために、いつまでも、俺は生きていってあげたかったた

……


「いつまでも、変わらず俺は、昔のままでいるからな。

もしも道に迷ったときには、俺を目印にしたらいい。

あのときの、あの場所に、変わらず俺は立っているから。

なにがあったかは知らねぇけど、いつでもいいから戻って来いよ。

ずっとずっと、待ってるからな……」

別れ際、俺はナニョンにそれを伝えた。

救い難かった俺の人生を、あのとき救ってくれたナニョンを、今度は俺が救う番だ……

お節介かもしれないが、俺の心はそう言っていた。

「……ありがとう」

短く一言そう言って、綺麗な涙を流すナニョンは、昔のままのナニョンであった……

後ろ姿を見送りながら、熱いなにかが込み上げて来るのを、俺は感じずにはいられなかった……

六

その日から、俺は再び、ナニョンとよく会うようになった。

彼女の方から、連絡が来ることが多かった。

会うと決まって、二人で酒を呑んだ。

ナニョンは、なにかを忘れようとするかのように、前後不覚になるまで呑み続けることが多かった。

昔は酒など、口にすることもなかったナニョンが……

……俺は、トコトン付き合ってやろうと決めた！

呂律が廻らなくなって来ると、ナニョンは大抵、俺の肩に寄り掛かって来て甘えた。

それが、彼女の合図のようなものだった……

ナニョンが、俺を求めてくれることが、それでも俺には嬉しかった。

俺に出来ることなら全て、なんでも彼女にしてあげたかった。

心も、躰《からだ》も……命でさえも！

ナニョンの笑顔の為ならば、俺の全てを捧げたとしても、少しも惜しくなどなかったのだ……！

……もしかすると、時折見せる昔の彼女の面影を、それでも俺は、信じていたかったのかも知れない。

もっとも、金を持たない俺の為に、いつもナニョンが出してくれたのは、昔も今も、決して変わりはしなかったのであるが。

そんな月日を送っているうち、俺は、ナニョンの〝あのあと〟を、遂に知る日が来たのであった……

それはクリスマスイヴの夜だった。

なけなしの金を掻き集め、俺はウォーカーヒルを予約していた。

勿論予算はオーバーしたが、足りない分はチョンマンに借りた。

ナニョンとの再会の話をすると、チョンマンは我が事のように喜んでくれ、快く大金を貸してくれた。

返済は、出世払いでいいと言ってくれた。

俺は、心から奴に感謝した。

仕事が忙しいらしく、圓和道はなかなか出来ないそうだが、そんなことなどどうだっていい。

やっぱりチョンマンは友だちだった。


ナニョンの喜ぶ顔が見たくて、俺はケーキに蠟燭に、クラッカーまで買い込んで、ナニョンが室《へや》に来るのを待った。

それからもうひとつ……俺はプレゼントを用意していた！

あのとき遂に渡せなかった、それでも遂に色褪せなかった、あの追憶の金指輪……！

そう。俺はその日、六年越しのプロポーズを、心に決めていたのであった！
高鳴る胸を抑えつつ、俺はナニョンを待っていた……
やがてナニョンはやって来た。
ケーキに挿して準備していた蠟燭に火を灯し、室の照明を落とす。
精一杯の心を込めて、子供のように俺はジングルベルを歌う。
ナニョンがそっと息を吹き、蠟燭の灯が吹き消される……クラッカー！
室の照明を点けて直ぐ、俺はナニョンに跪《ひざまず》き、あのとき買った、結婚指輪を差し出した
……！
小児のように眼を輝かせ、俺はナニョンの反応を見る……
そこまでは全てが順調だった。
だがそこで、俺には予想外の事態が起きた。
なんと彼女は、ナニョンはその場で、泣き崩れてしまったのだった……！
嬉し泣き……にはどう見ても見えなかった。
俺はその場に茫然とした。

……しばらくして、ナニョンは落ち着きを取り戻したように見えた。
「どうしたんだ……」
俺が訊く。
ナニョンは涙声で答えた。
「……ヨンウン、ごめんね……
わたし、もう……
ヨンウンの気持ちに応えられるような……
わたしもう、そんな女じゃない……！」

それからナニョンは、涙混じりに訥々と、
〝あのあと〟の全てを話したのだった……

あのとき長い手紙を残し、俺の許から去ったナニョンは、大学卒業と同時に、アボジ（父）の決めた許嫁と結婚した。
同じクリスチャンの、名望家の御曹子らしかった。勿論、オリジナルの韓国人である。

周囲の誰からも祝福されたその結婚は、しかし当人たちにははじめから、冷たい風が吹いていたという……

男は、他に女が何人もいた。

アボジはそれを知らなかったのだ。

心のやさしい無垢なナニョンは、それでも男を愛そうと、誠心誠意の努力を重ねた。

……だが、男がナニョンに心を求めることは、たったの一度もなかったのだった。

結婚生活は、ナニョンの涙の犠牲によってのみ成り立っていた。

だが遂に、男は外に、子供まで作ってしまったのだった……

愛の砂漠に耐え切れず、ナニョンは離婚を決意した。

それはナニョンにとってみれば、父への裏切り、そして……神への背信をすら、意味するものであったという……

それでも自分を生きようと、ナニョンはその家を出て行った。

それと同時に、敬虔なクリスチャンだったナニョンは、その信仰をも、捨ててしまったというのであった……

そのとき、ナニョンは二十四歳だった。

それから、まるで失くした時間《とき》を取り戻そうとするかの如く、ナニョンは自分の人生を、自分の意志で生きようとした。

幼い頃からの夢だった、歌い手としての人生を！

遅い出発には違いなかったが、持ち前の美声とその才能は、ほどなく業界の眼に留まった。

美貌も手伝っていたことは、その世界では言うまでもない。

……だが、落とし穴はそこにも潜んでいた。

韓国版〝スター誕生〟のようなオーディション番組に出演し、決勝まで残った愛すべきナニョンは、プロデューサーに契約話を持ち出され、彼に連れられ食事に行った。

そして……気付いたときには、所謂悪い男たちに騙され、手篭にされてしまったのである。

清純な心は引き裂かれ、躰は男の玩具になった……

そんな、心までボロボロになったナニョンが、この世の何処に、真実を見出すことが出来得ただろう。

それっきり、ナニョンは歌うことを止めてしまった。

古い傷を、新しい傷で紛らわそうと、手あたり次第、次々に男を喰ってみたという。

それでも深い心の傷は、疼きこそすれ、癒されることなどあるはずもなく……

気付いたときには、酒に溺れる毎日だった。

ナニョンは夜の街の華となった……


「オモニ（母）は、そのこと知ってるのか……」

そこまで話を聴いたとき、思わず俺は、愚かにもそんな質問をした。

「うん……

あんまり辛くて……

オンマ（ママ）に電話したら……」

かすれた声で、ナニョンは答えた。

俺はナニョンの涙を拭った。

「……それで、実家に連れ戻されたんだな……」

「……うん」

しゃくり上げながらも、ナニョンは言葉を続ける。

「アッパ（パパ）は……多分知らないと思う……
アッパは……今も車椅子で……
ずっとリハビリ生活で……
もしも……アッパがそのことを知ったら……
あまりにも……可哀相で……」
ナニョンの頬を、大粒の涙がボロボロと伝う……
堪らず俺は……彼女を強く抱きしめていた！
彼女の髪をやさしく撫でた。
そして、彼女の胸の鼓動を聴いた……
俺は、全てを抱きしめてあげたかった！
「ありがとう。
正直に……話してくれて……」
それは、偽らざる俺の本心だった……
再会してはじめて、俺はナニョンの真実《ほんとう》の声を、このときはじめて聴いた気がした。
再会してはじめて、俺はナニョンと真実《ほんとう》の意味で、心が通い合えた気がした。

包まず、隠さず、本当のことを話してくれた。それだけで俺は嬉しかった……
「こんなわたしで……ごめんね……」
俺の胸の中で、ナニョンはそんな意味のことを言った。
「ばかやろう……」
その一言が、俺には精一杯だった。
いつまでも二人は抱きしめ合って、互いの涙を拭い合っていた。
いつまでも……
いつまでも……
美しかった、少年少女の俺とナニョンに、初めて戻れた聖夜であった。
……神様は俺たちを、抱きしめていてくれるだろうか。
その日はじめて、天を仰いで俺は祈った……

七

その日を境に、ほんの少しずつではあるが、ナニョンは昔のナニョンに、戻って行こうとしているように見えた。

本当の自分を取り戻そうと、ときには自分と闘いながら、必死の心を尽くしていた。

その姿は堪らなく美しかった。

そんなナニョンの姿に、いつでも俺は勇気づけられた。

ナニョンは夜の仕事を辞めていた。


俺は二作目の映画に取り掛かっていた。

今回の作品を俺は、最後の短編映画にするつもりであった。

この次は、長編を撮る！

長編映画を撮ってはじめて、その作品を売り込むことも、配給することも可能になるのだ。

そしてアクションスターへの、圓和道《ウォナド》発展への道も拓けるのである！

それまでは、その為の準備段階でしかない。

俺は、二作目にして人生最後の、短編映画の脚本を書き始めた。

ナニョンとの再会、そして心の交流を通して、心の変化が俺にもあった。

より多く学ばせて貰ったのは、むしろ俺の方かも知れない。

自分の心を、見つめてみよう。

真摯に、誠実な眼差しを以って。

真実《ほんとう》の自分を取り戻そうと懸命なナニョンを傍で見ていると、なんだか俺も、そんなことを思うようになって来ていた。

――自分の傷を歌っていこう――

未《ま》だ日本にいた高校時代、好きだった長渕のそんな言葉に、そのとき俺は思い当たった。

――在日――

それは俺の中で、否定することの出来ない自己の宿命のようなものだった。

同時にそれは俺にとって、否定し忘れ去ってしまいたい、忌々《いまいま》しい響きを持つなにかでもあった。

しかし、日本にいても韓国に来ても、「在日」であることを完全に否定し忘れ去ることは、少なくとも俺には、出来ないことのようだった。

もっとも、「在日」韓国人であるにも拘らず、やはり言葉の問題なのか、日本よりむしろ「祖国」において、ヨリ「在日」を意識せざるを得なかったとは、なんと皮肉なことだったろう。

そんな心に蓋をして、俺は今まで生きて来たのだ。

嫌な思い、口惜しい思いも、口には出さないが沢山あった。

それは恥ずかしいことであり、触れたくないこと、触れられたくないことであった。

……だが、そんな「在日」というものを、どうしても俺の中で否定出来ない。

自分の心を見詰めているうち、どうしてもそこに行き着いた俺は、あるとき、自分自身との対話の裡に、そんな想いを覗いたのだった。

「在日」について、書いてみよう。

「在日」と「祖国」の関係について。

「祖国」で、「在日」の映画を作ってみよう。


閃くと俺は早かった。

実体験を基にして、別の日に起こったふたつのエピソードを組み合わせ、ものの一〇分で草案を仕上げた。

題《タイトル》は『異邦人』とすることにした。

「在日」にとっての、「祖国」という名の「異邦」……

ナニョンに見せると、一寸悲しそうな顔をしていたが、それでも俺は、これでいこう！と決めていた。

ナニョンは「在日」について、昔からよく解っていなかった。

彼女は、何人《なにじん》とか、民族とか反日とか、そんなイデオロギーには興味がないし、俺と違って、他者《ひと》に対する偏見がない。

昔から、博愛主義的な女の子だった。

だから「在日」の俺を、受け入れてくれた訳だし、彼女のそういうところが、俺は好きだった。

だから脚本を見せたとき、俺が韓国で体験して来た「在日」の悲哀みたいなものを想うと、不憫な気持ちになったんだろう。

だが悲しいが、それが「祖国」韓国での、「在日」の現実なのである。

ナニョンみたいな人ばかりなら、もっと住み良《よ》い「祖国」韓国に、きっとなるはずだと思うのだが……


今回の作品には、共同製作者として、俺と一緒に仕事をしてくれる男がいた。

名を、洪元基《ホンウォンギ》といった。

俺より少し歳下の、眼鏡を掛けたキノコ頭の男であった。

歳は俺より若かったが、洪は小さいながらも映像製作会社の社長をしていた。

洪の許《もと》には、製作スタッフが十人ほどいた。

皆、洪の大学の後輩だと言っていた。

当然皆若く俺より歳下だった。

そんなことなどどうだっていい。

大事なことは、仕事が出来るかどうかだけである。

前回、処女作『相和《サンファ》』を撮ってみて、俺は主演と監督を同時にやるのは無理だと知った。

少なくとも、低予算の自主製作映画においては。

それ故俺は今回、監督を任せる新進気鋭の若武者を、探していたのであった。

若武者……というルックスでは決してなかったが、洪の作品を何本か観て、なかなかいいな、と俺は思った。

製作会社を持っているのも、俺には魅力的に映った。

イチからスタッフを探さなくていい……それは大変、有難いことだったのである。

俳優は一度募集を掛けると掃いて捨てるほど集まるが、優秀なスタッフと出会うのは、本当に難しいことなのだ。

映画を作って、俺もはじめて知ったことだが、それは自主映画界の言わずと知れた常識だった。

兎に角そんな訳で、俺は青年監督洪元基との共同製作に、懸けてみることにしたのである！

八

撮影は、戦争だ！
撮るたびに、いつでも俺はそう思う。
撮るたびに、いつでも俺は死ぬる覚悟でやっている。
刹那に全てを燃焼させるという意味において、恐らくそれは間違っていない。
そしてその瞬間が、俺は大好きなのである！
今回の作品『異邦人』は、圓和道《ウォナド》とは関係がない。
故にアクションシーンも存在しない。

それでも、闘いであることに変わりはなかった。

俺は、走り続けた……！

洪《ホン》は期待を裏切らなかった。

処女作『相和《サンファ》』をはるかに凌ぐ、本格的な作品として、二作目は無事仕上がった。

言い逸《そび》れてしまったが、二作目の正式な題《タイトル》は、『異邦人――裏切られた祖国――』であった。

観た者がどう感じるかは識《し》らないが、俺はこの作品に、「在日」としての「祖国」に対する、自己の想いの全てをぶつけた！

のみならず、「祖国」を想い、無念の裡に「祖国」を去った、「在日」同胞の諸先輩たちの、――大上段に構えた台詞を許して貰えるとするならば――〝魂の解放〟という想いをすら込めていた……！

そして、残念ながら自己満足に終わってしまった処女作と違い、『異邦人』には、小さな、そして大きな反響があった。

洪の事務所で、製作に携わったスタッフを集め試写会をしたとき、「在日」の存在自体を知らない若い助監督の青年は、「こんなに世界があるなんてはじめて知った……」という感想を漏らしていた。

ただ暴力に拠《よ》ってしか、「在日」である自己を証明することの出来なかった十代の頃の俺を思えば、これは大変な進歩であった。

日本の、いわゆる「在日社会」でも、少しばかりの話題になった。

「在日」を主題《テーマ》とした、あるユーチューブラジオなるものにも呼ばれ、二時間ばかり、俺自身の「祖国」体験、そして「在日」の未来に対する自己の思想などを語ったりした。

久々に、俺は日本の土を踏んだ。

――韓国は異国で、日本は他国――

ある「在日」の先輩の、そんな言葉を耳にしたことがある。

そうかも知れない。

俺も解らないではない。

だが敢えて、生まれ育った日本を、「故郷」と呼びたい気持ちもあった。

勿論、「祖国」は韓国だ。

韓国を、そして日本を、それでも俺は愛していたい……小生意気にもそんな意味のことを、マイク相手に俺は喋った。

俺も大人になったのだろうか。

それとも、俺の心を変えるなにかが、俺に起こっていたのだろうか……

……そして、あまりにも永く、何処までも苦しかった暗黒の時代に、遂に終止符を打つかも知れぬ千載一遇の絶好機の静かなるその足音が、俺に近づいて来ていたのである！

俺たちに、

圓和道に、

朝日は、

昇るだろうか……！

九

「ナニョン！
聞いてくれ、
遂に……
奇跡が起こるかも知らん！」
奇跡……なんとも大仰な言葉を遣《つか》ったが、これは大袈裟でもなんでもなかった。
運命は、俺の人生は、遂に栄光に向かって、今将《まさ》に躍動しようとしていた！
「どうしたの、いきなり……
久しぶりの日本、どうだった」

突拍子もない俺の台詞に、鳩が豆鉄砲を喰ったような顔をして、ナニョンは現実に話題を振った。

俺はこの感動を一秒でも早くナニョンと分かち合いたくて、開口一番、「奇跡」の話をしたのであった。

「長編映画を、作れることになりそうだ！」

ナニョンは一瞬、キョトンとしていた。

それから直ぐに、眼を輝かせて喜んだ！

歓喜と疑念が入り混じったような調子をもって、俺に詳細を話すよう急いた。

俺は出来るだけ簡潔に、ナニョンの解る言葉を選んで、ことの次第を彼女に伝えた。

李淳弼《イスンピル》という男があった。『異邦人』を撮った洪と同じく、製作会社の社長であった。もっとも、その規模と経験、そして実力において、洪には大変申し訳ないが、洪とは天地の開きがあった。

ギョロリとした眼が印象的な五十過ぎの大柄な男であった。

その禿げ頭をいつも野球帽で隠している李社長に、俺は一時期、撮影を学んでいたことがあった。

彼は撮影監督出身だった。

彼から連絡を受けたのは、俺が日本に行く直前だった。

俺たちは、帰国後に会う約束をした。

日本から帰った翌日に、俺たちは新林《シンリム》駅前のスターバックスで落ち合った。


「社長、お久し振りです！」

スタバに現れた李社長に、そう言って俺は頭を下げた。

「高《コ》君、映画見たよ！」

注文をして席に着き、李社長は俺にそう言った。

「ありがとうございます！

如何でしたか」

「なんとも言えんなぁ。

伝えたいことは解るんだが……」

李社長は映画の批評を始めた。

俺は黙って聴いていた。

だんだんと彼の話は熱を帯びて来た。

「高君、君は一体なにがしたいの」

李社長は一通り話し終えると、そんな質問を俺に投げ掛けた。

「なにが、と仰いますと……」

俺は質問の意図がよく解らなかった。

「監督やプロデューサーになりたいのか、それとも役者になりたいのか」

「役者です。

アクションスターになりたいんです！」

俺は即答した。

それから圓和道《ウォナド》の話をし、「アクション映画という媒体を通し、圓和道という武道を世に伝える！」という俺の大志を彼に伝えた。

「圓和道……聴いたことないな、
日本の武道か」

「韓国武道です。

韓民族の魂を、今に伝えているんです」
「何処の団体も、大体そんなこと言ってはいるがな……」
李社長は俺の話を、ほとんど信じていないように見えた。
百聞は一見に如かず。
スマートフォンでユーチューブから、俺は動画を見せることにした。
「こんな武道なんです。
見て下さい！」

「……踊りのような動きをするな。
これ本当に使えるのかね」
圓和道という武道を最初に見た、誰もが抱く感想である。
「一見誰もがそう思います。
しかし、その秘められた力は凄まじい。
宇宙の根源・圓の原理で自然に動くことにより、こんなことだって出来るんです！」
説明するより早いと思い、俺は最終兵器を出した！

〝安東事件《アンドン》〟の動画であった。

体験者を装い不意討ちを掛けたあの白人の大男を、一瞬の裡に俺が仕留めた、あの奇跡的映像である。

李社長の反応は一変した！

「……凄いなぁ」

李社長は驚嘆の声を漏らした。

「ありがとうございます。

これは、僕が凄いんでなく、圓和道という武道が凄いんです！

圓和道を正しく修練すれば、これくらいのことは誰にでも出来ます！」

ここぞとばかり、俺はハッキリそう言い切った！

「こんな素晴らしい武道を、このまま埋もれさせておくのはあまりにも勿体無い！

この圓和道を普及させる為、僕は映画を作っているんです！」

俺は李社長のギョロ眼を見据えた。

「なるほどなぁ……」

李社長は、圓和道に興味を持ち始めているように見えた。

「しかし短編ばかり撮っててもなぁ……
長編を撮ってみる気はないのかね」
「勿論あります！
脚本も何本も書いています！
よかったら読んでやって下さい！」
そう言って俺は準備して来た脚本の、一番の自信作を李社長に差し出した。
俺から脚本を受け取ると、彼はパラパラと頁《ページ》を捲《めく》った。

李社長は腕を組み、考え込んでいるように見えた。
この機を措《お》いてほかにない……
意を決し、俺は大いなる志《こころ》をぶつけた！
「社長！
俺と一緒に、
仕事をする気はありませんか……！」

李社長から連絡を受けたのは、その二日後のことだった。

ナニョンと会う約束をしていた日。

即ち、今日のことである。

俺は興奮醒《さ》めやらぬまま、イチ早くその喜びを伝えたく、ナニョンの待ついつもの駅のいつもの店に、走ってやって来たのであった……！

もっとも、今は未《ま》だほんの口約束だ。

本当に撮れるかは解らない。

だが、どんなことがあっても俺は撮る！

俺は、やると決めたら何処までも、トコトンやり抜く男なのである！

十

ナニョンは、まるで自分のことのように喜んでくれた。

俺は心から嬉しかった。

十年前に戻ったような、和気藹々とした空気の裡に、悲しみの影など、最早何処にも在《あ》りはしなかった……！


サテンを出て俺たちは少し歩いた。

それから映画を観に行った。

有名女優が出ているだけの、ごくありふれた感傷的な韓国映画だった。

悲しい場面に、ナニョンは涙ぐんでいた。

そんなナニョンの横顔が、映画の主演女優より、遙かに美しく俺には映った……

ナニョンの実家から二駅ほど行ったところに、石村湖水《ソッチョンホス》という大きな湖水公園があった。

直ぐ側には、出来たばかりのロッテタワーが聳《そび》え立っていた。

四月の夜に映えた水面《みなも》は美しかった。

満開の桜の香気が、辺りにそこはかとなく漂っていた。

俺たちはベンチに腰を下ろした。

正面に、大いなる湖が臨まれた。

俺は、心に決めていたことがあった。

不器用なりに、心の調子を合わせる為の他愛ない会話を少しした後、意を決し俺はナニョンに告げた。

「……よかったら、
俺と結婚してくれ」

あまりに唐突な俺の言葉に、ナニョンはしばらく、応《こた》える術《すべ》を知らなかった。

時間《とき》は静寂に包まれていた。
ナニョンは水面を見詰めていた。
俺はナニョンの横顔に、答えを、心を、読み取り受け止めようとしていた……
ナニョンはひとつ瞬《まばた》きをして、それから心を言葉に乗せた。
「……本当に、わたしでいいの」
ナニョンの瞳《め》には、涙が滲《にじ》んでいるように見えた。
「お前だけしか愛せないんだ！」
それは、十年経っても変わることない、俺の真実《ほんとう》の心であった。
俺はナニョンの手を握り、彼女の瞳のその奥を見た。
俺は、彼女の全てを愛していた……
ナニョンは……涙で滲んだ眼で俺を見て、静かに頷き、それから泣いた……
花香を孕んだ春の夜風が、やさしく俺たちを包んでいた。

「アッパ（パパ）に……」
その一言に、一瞬俺はドキリとした。

「一緒に会いに行ってくれる……」

ナニョンは俺の顔を覗くようにして、少し不安げな眼でそう訊いた。

ナニョンのアボジ（父）……

俺にとって彼は、その昔、俺を無実の留置場生活から救ってくれた恩人であり、俺からナニョンを引き裂いた怨讐《おんしゅう》でもあり、そしてまた、望まない結婚をナニョンに強いて、ナニョンを悲劇の奈落へと突き落とした張本人でもあったのだ……！

様々な想念が、刹那に俺の脳裡を駆け巡った。

俺は一体、
なんと答えればいい。

どういう反応をすればいい。

どんな顔をして、
彼の前に立てばいいのだろうか……

黙ったまんま、俺は水面に眼をやっていた。

俺は自分の、心に言い聞かそうとした。

俺はナニョンの、心の声を聴こうとした。

俺は、即答する事が出来なかった……

十一

それから二週間、俺は考え込んでいた。
俺は悩みに悩んでいた。
俺は自分と闘っていた。
この期に及んで……
こうなることははじめから、解り切っていたことではないか！
俺は、
臆病者だったのだろうか……

……そうかも知れない。

だが俺は、

卑怯者にはなりたくなかった！

それは、ある晴れた日曜日の午後だった。

俺は一着きりしか持っていない、十年前大学の入学式の為買った型の古い黒の背広にネクタイを締め、待ち合わせのいつもの喫茶店に向かっていた。

ネクタイはこの日の為に、ナニョンが選んでくれたものだった。

背広も新調してくれるといったが、それは断ることにした。

ハッキリとした理由は自分でも解らなかったが、なんとなく、俺はケジメをつけたかったのかも知れない。

十年前の俺に対して……

バスの中で、俺はずっと窓の外を眺めていた。

やがてバスは停留所に到着した。

サテンでナニョンと落ち合った。

苦い珈琲を啜りながら、軽い打ち合わせを済ませ、俺たちは店を後にした。

覚悟を決め、緊張を胸に、俺はナニョンの実家に向かう。

ナニョンの横顔にも緊張が覗かれた。

徒歩十分足らずで到着した。

高層マンションの多い現代韓国では珍しい、立派な門構えの大きな一軒家だった。

俺の日本の実家とは、文字通り雲泥の差があった。

ナニョンに先導されて、門の中へと俺は入った。

庭はそれなりに広く、俺には解らないギリシャ風の彫刻のようなものが置かれていた。

俺は一寸気遅れがした。

ナニョンのアボジが、あのとき俺を遠ざけようとした理由を、肌で解ってしまうのが悲しかった。

弱気になってはいけない！

俺は自分に言い聴かせていた。

ナニョンが家の扉を開けた。

ナニョンについて、俺は家の中へと入った。

玄関を入って直ぐに、ナニョンのオモニ（母）を俺は認めた。

小酒張《こざっぱり》とした上品な婦人だった。六十手前くらいに見えた。

オモニは俺に、何度も丁寧に頭を下げていた。

俺は一寸恐縮してしまった。

母子《おやこ》は仲が良さそうに見えた。

オモニと軽い世間話をし、少し打ち溶けた後、俺は奥へと案内された。


客間には赤子のキリストを抱いた、聖母マリアの大きな絵が飾られていた。

その絵を見るともなしに眺めながら、俺はソファーに腰を下ろし、ナニョンのアボジを待っていた。

荒れ狂う玄界灘を越え、「祖国」の土を踏んでからの、これまでの俺の十年間を、何故だか俺は噛み締めていた。

もしかするとナニョンのアボジは、荒ぶる玄界の海そのものとして、俺に映っていたのかも知れない。

俺と「祖国」を引き離すべく、俺を阻み、屹立する、無言の高き波濤として……

だとすると、俺にとってのナニョンとは、「祖国」そのものなのであろうか……

そうかも知れない。

土地は人を、拒みもしなければ愛しもしない。

ただその土地に棲む人間が、人を拒んだり、そして愛したりするものなのだから……

果たして俺は、愛する「祖国」に、愛される資格があるのだろうか……

激しく畝《うね》り狂う玄界の海に、海月《くらげ》のように独り漂う、行き場のない「在日《パンチョッパリ》」の、俺の孤独の魂は……！

……だが！
……そこで俺が見たものは……
玄界の海とは似ても似つかぬ、
枯れ木の如く年老いた、
無力な男の姿であった……！
十年前に留置所で見た、大きなかつての面影は、今この俺の眼に映るこの老人の最早何処にも、求めることは出来なかった……

ナニョンから、話に聴いていたとはいえ、いざ現実を眼の当たりにし、俺は言葉を失くしてしまった……

「もしもアッパが、このことを知ったら……」

そう言っていたナニョンの心が、俺にも解ってしまった気がした。

あれほどまでに、恨んでいたのに……！

「アボニム（お義父さん）！」

俺はナニョンの父に駆け寄り、慟哭の裡に、彼の足下に、跪《ひざまず》いていた……

「……」

動かぬ口を動かして、アボジは何をか、言おうとしていた。

顔を上げ、俺はアボジの口許を、そして心を、読もうとしていた。

「……ミアナダ（すまない）」

そう言っているように、俺には聴こえた。

アボジの眼から、涙が流れ落ちるのを見た。

「アッパ……！」

ナニョンはアボジに駆け寄って、やさしく彼を抱きしめていた。

俺もアボジを抱きしめた。

俺は涙が止まらなかった。

一体誰を恨み、なにを憎めばいいのだろう……

怒りを何処に見出して、誰にぶつければいいのだろう……

心と心の交感に、「在日」も、韓国も朝鮮も、そんなものなど何もないのだ！

人には、唯《ただ》、心だけがあればよい。

真実のままの、心と心……

いつしか俺の心の裡に、「祖国」や、「在日」などという観念は吹き飛んでいた。

何処までも「祖国」は、自分自身の、心の中にしか存在しない。

心を認めて貰えたときに、心が通い合えたときに、はじめて「祖国」は愛に溶け、解放を迎えるのではないだろうか。

それだけが「祖国回復」と、いえるものではないだろうか。

三人は肩を寄せ合って、いつまでも抱きしめ合っていた。

三人のそんな姿を見つめ、やっぱりオモニも泣いていた。

純な魂――それだけが、少なくともこの瞬間の、世界の全てだったのである……
俺の心の「祖国」ははじめて、解放を迎えようとしていた。
この日を俺は我が心中の、「光復節」と呼びたいと思う。

――二〇二〇年四月二十三日――

著者略歴

姜龍一（カン・ヨンイル）

1988年、大阪生まれ。

幼少時より武道・文学に親しむ。

高校卒業後、「祖国」探究の為、単身渡韓。

2006年、古朝鮮時代より伝わる韓民族の民俗思想・三極観を体現した朝鮮武術『圓和道（ウォナド）』の創始者・韓奉器（ハンボンギ）師に出会い、圓和道修業を開始する。

2010年、韓師亡き後、師の直弟子である“達人”安鍾伯（アンジョンベク）師に師事し、京畿道水原（スウォン）にて三年間の内弟子生活を送る。

2013年、『大東武藝圓和道傳承會』指導員。

文武両道・智行一致を標榜し、文藝作品の執筆や映画製作など多岐にわたる活動を展開している。

2019年、映画『異邦人—裏切られた祖国—』（脚本・主演）

2020年、詩集『なにも持たざる者として』（自費出版）

荒野の向こう側　定価：本体価格1800円＋税

2021年2月20日　初版発行

作　者　姜　龍　一

発行者　髙　二　三

発行所　有限会社　新　幹　社

〒101-0061 東京都千代田区神田三崎町3-3-3 太陽ビル301

電話：03-6256-9255　FAX：03-6256-9256

mail：info@shinkansha.com

装丁：白川公康

本文制作・閏月社／印刷・製本（株）ミツワ印刷

落丁本・乱丁本はお取り替えいたします。　printed in Japan